# 기만

Die Betrogene

토마스 만
박광자 옮김

# 기만

Die Betrogene

칼 반 백튼이 촬영한 토마스 만(1937)

# 제발 즐거운 발견이기를

임민경(임상심리전문가)


  고백하자면, 문학 작품을 가장 많이 읽던 시절에도 토마스 만은 선뜻 손이 가지 않는 작가였다. 여기에는 여러 가지이유가 있었다. 일단 토마스 만의 소설은 줄거리만 봤을 땐 별로 재미없어 보였다. '심오한 철학적 논의를 소설에 녹여 냈다'는 세간의 평가는 소설이 어렵다는 소리로 들려서 오히려지레 뒷걸음질하게 했다. 그가 20세기의 괴테로 불리며 독일문학 최고의 거장으로 불렸다는 이야기를 들어 봤자 그런 후광과 권위에 대한 막연한 거부감만 생길 뿐, 호감 요인으로는 작용하지 않았다. 이런 사유로, 상당히 오랜 기간 동안 나한테 토마스 만은 그저 어렵고 지루한 작품으로 몇 가지 대단한 상을탄, 그런 멀리 있는 작가에 머물러 있었다. 그런데 이런 생각을바꾸어 준, 그가 멀리 있는 흐릿한 명화가 아니라 가까이 있는친구의 사진처럼 또렷해진 사건이 있었다. 그것은 바로 토마스만이 자신의 일기 출간과 관련해서 기록해 둔 심정을 접한 일이었다. 그 뒷이야기란 이러하다. 1950년 10월 13일, 일기의 출간 계약을 마친 토마스 만은 또 그날의 일기에 이렇게 적었다.

"내 모든 원고를 구입하려는 예일대학교 도서관의 계획
(……) 그 원고들 가운데는, 밀봉된 채, 내가 죽은 지 20년 또
는 25년 뒤에야 '연구자들'에게 공개될 1933년부터의 일기도
포함될 것이다. 그때는 제발 즐거운 발견이기를. 세상이 나를
알되, 모든 사람들이 죽은 뒤에야 알기를."[1]

사실 좀 이상한 계획이다. 아예 감추거나 다 보여 주면 모
를까, 20년이나 기다렸다가 관련자들이 다 죽은 다음에 공개
하겠다니. 그럼에도 불구하고 "제발 즐거운 발견이기를"이라
는 표현에서 느껴지는 어떤 간절함이 마음에 걸렸다. 그리고
일기에 쓰인 말들이 그에게는 당장 말할 수 없는, 죽은 뒤에도
한참의 시간이 흐른 뒤에야 간신히 내놓고 이해를 구할 수 있
는, 어떤 비밀을 간직하고 있다는 이야기처럼 들렸다.

20년 뒤 일기가 출간되고 나서 보니, 과연 토마스 만은 감
출 것이 많은 사람이기는 했다. 일기가 공개되자 학계는 물론
이고 대중에게도 일종의 '토마스 만 르네상스'가 일어났는데,
일기 속 토마스 만의 모습은 널리 알려진 위엄 있고 우아한 대
작가의 모습과 많이 달랐기 때문이다. 그런데 그 재발견이 즐
거운 방향으로 흐르지만은 않았다. 먼저, 독일 문학 최고의 거
장, '20세기의 괴테'가 사실은 신경증적이고 예민하고 심지
어—이런 말을 써도 된다면—쪼잔한 사람이었음이 일기를
통해 드러나게 되었다. 일기 속 그는 자신보다 성공한 사람을

1    Thomas Mann: Tagebücher 1949~1950, hrsg. von Inge Jens, Frankfurt am
     Main: Fischer, 1991, S. 178. 장성현(Sung Hyun Jang), 「일기 출판이 토마스 만
     수용에 미친 영향」, 《뷔히너와 현대 문학》(2000), 14(0): 117~138쪽에서 재인
     용.

질투했으며, 특히 금전 문제에 지독히도 예민하게 굴었다. 그 밖에도 토마스 만의 생전 인물됨에 대한 보고가 쌓이면서, 그는 심지어 자기 자식들에게마저 쌀쌀맞고, 냉정하고, 잔인하기까지 한 인물이었음도 널리 알려지게 됐다. 그런데 아이러니한 점은 일기가 출간된 뒤 토마스 만에게 덧씌워진 신화적 후광이 어느 정도 걷히고 '인간 토마스 만'의 얼굴이 다시 드러나면서, 이를테면 그의 복잡하고 좀스러운 속내로부터 오히려 인간미를 발견하고 친근하게 느낀 사람도 있었다는 것이다.

많은 사람들에게 그보다 더 중요하고 충격적으로 다가왔던 사실은 따로 있다. 그가 죽기 전까지 대중에게 밝힐 수 없었던 것, 20년 후에는 즐거운 발견이기를 바랐던 것은 아마도 성적 지향에 관한 언급이었으리라. 일기의 출간 뒤, 토마스 만은 오랫동안 동성에 대한 성적 욕망을 품고 있었을 뿐 아니라 20대에 결혼해서 가정을 이룬 여섯 자녀의 부모였음에도 노년기에 이르기까지 끊임없이 아름다운 청년들을 은밀히 사랑하였음이 밝혀졌다. 또한 그 자신도 이러한 이끌림과 욕망에 상당히 고통받았던 듯한데, 동성애에 대한 당시 사회의 태도를 생각하면 당연하게 느껴진다. 여러모로 금기시되었던 욕망을 가졌던 그는, 자신의 욕망과 인생에 대한 스스로의 감정을 아주 복잡한 방식으로 은폐하려고 했다. 이 '은폐 시도'는 토마스 만의 삶에서도, 문학에서도 나타난다.

토마스 만이라는 작가를 끝내 좋아하게 된 이유, 그에게 모종의 친밀감을 느끼게 되어 버린 까닭은 바로 이 때문이었다. 물론 그가 동성애자였다는(혹은 동성애자에 가까웠다는) 사실 때문에 그를 좋아하게 된 것은 아니고, '거장'이라는 이름

뒤에 있던 한 사람, 자신의 어떤 면—정체성을 끝까지 좋아하지 못했고, 또 어디에선가 받아들여지리라고 결코 믿지 않았던, 그런 외로움에 고통받으면서도 바로 그것을 문학으로 써내려간 한 사람을 발견할 수 있었기 때문이었다. 그의 작품 속에는 (꼭 동성애적 맥락이 아니더라도) 자신이 남들과 다르고, 남들과 섞일 수 없다는 데서 지극한 고통을 느끼는 사람들, 적극적으로 자신을 위장하다가 급기야 지치다 못해 거의 죽기 직전인 '부외자'들이 다수 등장한다. 이런 인물의 대표자로는 『부덴브로크 가의 사람들』에 나오는 토마스 부덴브로크나, 『베네치아에서 죽다』의 주인공 아셴바흐, 『토니오 크뢰거』의 토니오 크뢰거 같은 사람들이 있다. 이 책에 수록된 「루이스헨」 속 야코비 변호사도 이들 반열에 들어갈 수 있겠다. 이들은 타인의 눈에 비치는 자신을 끊임없이 검열해야 하므로 한순간도 편안할 수 없고, 삶에 대한 자신의 느낌을 자주 교정해야 하는 인물들이다. 스스로 세상 어딘가에 부대낀다고 느끼는 독자들, 중심이 아니라 주변부에 머무를 수밖에 없고, 늘 미끄러져 떨어질까 봐 공포를 느끼는 사람들은 이 소설 속 인물들에게 은밀히 공감하고 애정을 느낄 수밖에 없었다. 적어도 문학 속에서는 자신을 대변해 줄 얼굴을 찾았으니까. 평론가 마르셀 라이히라니츠키가 토마스 만에 관한 유명한 글에서 언급했듯, 그의 작품은 "두 세계 속 혹은 그 사이에 존재하면서 그 어느 편에도 편안하게 안주하지 못하는 (……) 고향을 상실한 모든 사람들의 성서"가 됐다.[2]

---

2    마르셀 라이히라니츠키, 김지선 옮김, 『작가의 얼굴: 어느 늙은 비평가의 문학 이야기』(문학동네, 2013), 185쪽 참고.

그런데 젊은 날 이런 작품들을 썼던 사람이 나이 들면 어떻게 될까? 사후에 출간될 일기에 대해 논의하던 1950년 무렵의 토마스 만은 벌써 70대였다. 젊은 날에 고통받았던 사람들이 나이 들면서 흔히 그렇듯이, 이 시기의 토마스 만과 그의 작품은 더 성숙하고, 심지어 유머러스해졌다는 평가를 받았다. 그는 자신의 삶 속에서 결코 조화될 수 없었던 여러 요소들을 — 죽음과 삶, 예술가와 시민, 이성애와 동성애 — 어떻게든 공존하게 하고, 그사이에서 줄타기를 하는 데 어느 정도 능숙해진 듯 보인다. 더 개인적인 감상을 말하자면, '할아버지 만'은 다소 능청스러워지고, 인생사의 웬만한 문제에 대해서는 '그 정도라면 눈감아 주자, 용서해 주자.'라고 말할 수 있는 사람이 된 것 같다.

이 책, 『기만』에서도 생의 여러 가지 문제와 아이러니에 너그러워진 작가의 모습이 언뜻 비치는 듯하다. 물론 이 작품, 특히 결말 부분의 의미를 어떻게 해석할지는 읽는 이에 따라서 매우 다르리라 여겨진다. 다만, 단순한 독자인 내게는, 이 노벨레의 주인공이 토마스 만의 초기 작품들 속 인물들과는 사뭇 다른 성격을 띠고 있음이 눈에 띈다. 그의 마지막 작품 속 인물 로잘리는, 독자가 제목과 결말의 의미를 어떻게 해석하든 간에, 자연을 비난하지 말라고 당부하며 웃는다. 이제 자신을 심지어 '유머 작가'라고 칭할 수 있게 된 노작가는 누군가가 엄정한 도덕관을 가지고 스스로에게, 그리고 남에게조차 준엄한 판결을 내리려 할 때, 작품 속 인물들을 고통과 외로움 속에 죽어 가게 두는 대신, 어느 정도의 평온과 용서를 누릴 수 있도록 놓아준다.(설령 제목이 '기만'이라 할지라도.) 그리고 젊은 날 여러 주인공에게 고독한 죽음을 부여했던 작가가, 마침내 마지막 작품에서 로잘리와 같은 인물을 창조해 냈다는 사실은 나와 같은 독자에게 또 다른 뜻밖의 방식으로 위안을 주었다.

일기의 출간 시점과 출간 범위를 세심하게 결정하는 과정에서 드러나듯[3], 그는 자신의 어떤 면을 보여 주고 어떤 면을 보여 주지 않을지를 끊임없이 검열하고 결정해 온 사람이었다. 또 여러 정황상 그는 이 책, 『기만』을 마지막 작품이 되리라고 예감한 듯 보인다. 자신이 죽고 수십 년이 흐른 뒤, 일기의 존재를 알게 된 미래의 독자들이 이 작품을 어떻게 읽어 주기를 바랐을까? 지금으로서는 결코 알 수 없는 일이지만, 어쨌든 21세기의 우리는 이제 젊은 날 그가, 사람들이 으레 상상해 온 것 이상으로 스스로에 의해 고통받아 왔던 사람이었음을, 그럼에도 불구하고 '토마스 만이 되어 갔음'을 안다. 스스로를 부외자라고 느껴 왔던 한 인간의 꾸준한 변화를 읽는다는 것, 그런 의미에서 이 소설뿐 아니라 그가 창조한 모든 작품들은 시간과 공간을 뛰어넘어, 여러 면에서 많은 사람들에게 '개인적인 의미를 가지는' 작품으로 다가갈 수 있으리라고 믿는다.

3    토마스 만은 1933년 이전 시점의 일기를, 작품 집필에 필요한 일부 자료를 제외하고 전부 불태웠다.

# 기만

1920년대 라인강 변의 뒤셀도르프에는 남편을 잃은 지
십 년이 넘은 로잘리 폰 튀믈러 부인이 딸 안나, 아들 에두아
르트와 함께 화려하지 않지만 단란하게 살고 있었다. 남편 폰
튀믈러 중령은 1차 세계 대전 초에 전투가 아니라 교통사고로
허무하게 세상을 떠났다. 그래도 명예롭게 전사자로 처리되
었다. 아이들은 아버지를 잃었고 그녀로서는 쾌활한 남편을
잃었으니, 나라를 위한 애국적 희생이긴 해도 당시 마흔 살밖
에 안 된 부인으로서는 커다란 손실이 아닐 수 없었다. 남편은
그동안 부부 사이의 신의를 깨뜨리며 종종 탈선한 적이 있었
는데, 그의 넘치는 정력 탓이었다.

태생과 말투가 완전히 라인 지방 사람인 로잘리는 이십
년의 결혼 생활을 남편의 부대 주둔지인 공업 도시 뒤스부르
크에서 내내 보내다가, 남편이 세상을 떠난 뒤 열여덟 살의 딸
과 딸보다 열두 살 어린 아들을 데리고 뒤셀도르프로 이사했
다. 그 도시가 자랑하는 특별히 아름다운 녹지도 이유 중 하나
였지만(튀믈러 부인은 대단한 자연 애호가였다.) 얌전한 딸 안나가

그림을 좋아해서 그곳의 유명 미술 대학에 진학하게 되었기 때문이었다. 그래서 단출한 이들 가족은 십 년 전부터 보리수가 늘어서고 페터 폰 코르넬리우스[4]의 이름을 딴 주택가의 정원으로 둘러싸인 자그마한 집에서 살고 있었다. 결혼 당시의 스타일이라 약간 구식이긴 해도 아름다운 가구가 배치된 집이었다. 이 집에서 종종 미술 대학과 의과 대학 교수들을 포함한 친지나 친구들, 때로는 몇몇 사업가 부부들을 초대해서 너무도 점잖고 깔끔하지만 그 지방 풍속에 맞게 약간의 술기운이 도는 저녁 파티를 열었다.

천성적으로 사교적인 뒤믈러 부인은 외출하기를 즐겼고 가능한 범위 안에서 알뜰하게 살림을 꾸리는 일도 좋아했다. 솔직하고 쾌활한 성격, 자연에 대한 사랑에서 드러나듯 따뜻한 마음씨를 가진 그녀는 누구한테나 사랑받았다. 체격은 크지 않고 잘 관리한 편이었다. 이미 흰머리가 보이기 시작한 숱이 풍성하고 굽실대는 머리카락, 늙어 가는 가느다란 손, 손등에는 세월과 더불어 주근깨처럼 변색된 부분이 심심찮게 보였으나(이런 현상을 저지해 주는 약은 아직 나오지 않았다.), 그래도 화려하고 생생한 연한 밤색 눈동자가 여자답고 사랑스러운 얼굴에서 빛났기에 아직은 젊어 보였다. 사람들과 같이 있을 때 기분이 고조되면 코에 약간의 붉은 기가 돌았는데, 부인은 그런 홍조를 약간의 분으로 감췄다. 불필요한 일이었음에도, 그런 행동이 부인을 더 사랑스럽게 만든다고 여러 사람들이 의견을 냈기 때문이었다.

4  Peter von Cornelius(1784~1867). 뒤셀도르프 태생의 화가로 뒤셀도르프 시내에 동상이 서 있다.

봄에, 5월에 태어난 로잘리는 쉰 살 생일을 두 자녀, 열두어 명 정도의 집안사람, 친구 들과 함께 울긋불긋한 등으로 장식된 교외의 어느 음식점에서 꽃을 뿌린 식탁에 둘러앉아 술잔을 부딪치며, 때로는 친밀하고 때로는 농담 섞인 건배사를 주고받으면서 축하했다. 물론 아예 고되지 않지는 않았다. 오래전부터 그래 왔듯이 그날 저녁도 육체적으로 위기가 올 만한 나이 탓에 건강이 좋지 않았다. 정신력으로 버티기는 했으나 생리가 일정하지 않더니 차츰 사라져 가고 있었다. 그것 때문에 부인의 마음은 불안하게 동요했고, 심장이 떨리고 두통이 오고 우울하고 짜증이 났다. 그래서 생일날 저녁에도 축하해 주는 남자들의 긴 인사가 참을 수 없이 지루하게 느껴졌다. 부인은 딸과 절망적인 눈빛을 주고받았다. 딸은 엄마가 딱히 기분 나쁘지 않더라도 그런 시시한 술자리 농담을 잘 참아 내지 못한다는 사실을 잘 알았다.

　부인은 딸을 진심으로 깊이 신뢰했다. 아들보다 나이가 한참 많은 딸은 마치 친구 같았으므로 부인은 갱년기의 어려움도 딸에게는 감추지 않았다. 지금 스물아홉 살로 곧 서른이 되는 딸은 아직 미혼이었지만, 로잘리는 단순한 이기심에서 그런 상황을 나쁘게 생각하지 않았다. 다른 남자에게 넘겨주느니 말동무, 인생의 반려로 딸이 같이 있기를 바랐기 때문이다. 어머니보다 키가 큰 폰 튀믈러 양은 눈도 어머니처럼 밤색이었다. 하지만 어머니와 달리 그 눈에는 소박한 활달함 대신 사색적인 차가운 분위기가 감돌았다. 안나는 태어날 때부터 안짱다리로, 어릴 적에 한 번 수술을 받았지만 효과를 보지 못했고, 그 후 댄스나 스포츠는 물론 젊은이들이 즐기는 일에 참여할 수 없었다. 그런 결함 때문에 선천적으로 명석한 두뇌는 더욱더 발달되어서 육체적 부족함을 채워 주었다. 딸은 하루에 두세 시간의 가정 교습을 통해 어려움 없이 김나지움 과정을 마쳤고 졸업 시험도 통과했다. 그 뒤로 공부를 그만두고 미술, 그중에도 조각, 그 뒤에는 회화 쪽으로 방향을 전환했는데 그 방면에서 학창 시절부터 자연의 단순한 모방을 혐오하는, 극히 정신적이고 감각적인 표현으로 흘러가는 엄격하게 사색적인, 난해하게 상징적인, 심지어 삼차원적이고 수학적인 세계로 들어서게 되었다. 뛰블러 부인은 최신의 것이 원시적인 것과, 표면적인 것이 심오한 것과, 색채 결합에 대한 세련된 감각이 형상의 단순성과 결합된 딸의 그림을 불안한 존경심을 가지고 바라보았다.

"훌륭하다, 정말 훌륭해, 애야." 부인이 말했다. "츰스테크 교수도 칭찬하실 거야. 그분이 이런 화법을 가르쳐 주셨고, 이런 그림을 보실 줄도 알고 이해까지 하시니 말이다. 이런 그림이야말로 볼 줄도 알고 이해할 줄도 알아야 하는 법이지. 제목은 어떻게 되니?"

"'바람 부는 저녁의 나무들'이에요."

"그러니까 네 의도를 좀 알겠구나. 여기 누르스름한 바탕 위에 있는 이 공 같고 둥그런 것이 나무고, 나선형으로 말린 이 이상한 선이 저녁 바람이지? 멋있어, 안나야, 정말 멋있다. 하지만 애야, 이것 봐라. 자연을 대체 어떻게 해 놓은 거니! 그러지 말고 네 솜씨로 우리 기분에 딱 맞고 마음에 들 법한, 아름다운 정물화나, 신선한 라일락 다발을 마치 향기가 풍길 듯 생생하게 그려 보면 어떻겠니? 꽃병 옆에 마이센 도자기[5]인

---

5    드레스덴 근처 마이센 지역의 유서 깊은 도자기. 흰 바탕의 표면에 그려 넣은

형이 몇 개 놓인, 그러니까 여자에게 손 키스 보내는 신사 인형 같은 것이 놓인 그림 말이야. 모든 것들이 반짝이는 탁자 위에 놓인 그런 그림 말이다……."

"가만, 가만히 좀 계세요, 엄마. 엄마는 정말 이상한 상상을 하고 계시네요. 요즘에는 아무도 그런 그림을 안 그려요."

"안나야, 네 좋은 솜씨로 마음을 따뜻하게 만드는 그런 그림을 못 그린다는 말은 하지 말아 다오."

"엄마, 제 말을 오해하시는 거예요. 제가 그릴 수 있느냐 없느냐의 문제가 아니라, 애초에 그렇게 그릴 수 없어요. 현대 예술이 그런 그림을 용납하지 않아요."

"그렇다면 현대니 예술이니 하는 게 한심한 거야. 아니다, 얘야, 미안하다. 내 말은 그런 뜻이 아니야. 그런 걸 막는 게 '현대'라면 그건 한심한 게 아닐 테지. 오히려 '현대'에 뒤처진 게 한심한 거겠지, 잘 알았다. 그리고 네 그림처럼 의미심장한 선을 그리려면 천재라야 한다는 점도 알겠어. 내 눈에는 그런 선이 별 의미 없어 보였는데, 이제 심오하다는 걸 알겠다."

안나는 양손에 들고 있던 팔레트와 젖은 붓을 치우고 어머니에게 키스했다. 로잘리도 진심으로 기꺼이 딸에게 화답했다. 어머니의 눈에는 딸이 고독하고 금욕적인 생활을 하지만, 화가의 가운을 입고 손을 움직여 실질적인 일을 함으로써 많은 것을 포기했음에도 마음의 균형을 잡고, 위안을 얻고 있는 듯 보였다.

절름거리는 걸음걸이가 젊은 여성의 용모에 관한 남성들의 관심을 얼마나 떨어뜨리는지 폰 튀믈러 양은 일찍이 경험

─────────

푸른색 문양으로 유명하다.

했으므로, 이성에 대해 일종의 반감을 가지고 단단히 무장하고 있었다. 불구인데도 젊은 남자가 관심을 보이면 불신의 감정으로 냉정하게 거절하고, 감정의 싹이 트기도 전에 잘라 버리기를 고집했다. 이사 온 지 얼마 되지 않았을 때 안나는 사랑에 빠진 적이 있는데, 그녀는 젊은 남자의 육체적 매력에 끌려서 사랑에 빠졌음을 스스로 부끄럽게 생각했다. 상대는 학벌 좋은 화학자로, 자신의 학위를 될 수 있는 한 빨리 돈 버는 데 사용하고자 했다. 그래서 박사 학위를 마치자마자 뒤셀도르프의 어느 화학 공장에 수입 좋은 고위직으로 취직했다. 남자다운 구릿빛 외모에 시원시원한 태도로 남자들 사이에서도 호감을 샀는데, 유능하기까지 했으니 사교계 처녀와 귀부인들의 동경의 대상, 별 볼 일 없는 여자들에겐 숭배의 대상이되었다. 안나가 마음 상한 채 괴로워한 까닭은 모두가 좋아하는 상대를 자기도 좋아한다는 것, 자신은 결코 통속성의 수렁에 빠지지 않고 자존심을 지키려 했으나 결국 스스로의 감각 속에도 통속성이 있다는 사실 때문이었다.

현실적인 노력가라 자처하는 브뤼너 박사(그 미남의 이름이 브뤼너다.)는 고상하고 특이한 것에 대한 일종의 남다른 취향으로, 한동안 튀믈러 양과 공공연히 친하게 지냈다. 여러 사람들과 있을 때에도 문학이나 예술에 관해 그녀와 이야기를 나누었고, 그를 사모하는 이런저런 여자들을 비웃는 말을 튀믈러 양의 귀에다 속삭였으며 음탕하게 치근대는, 신경이 섬세하지 못한 평범한 여자들에 맞서 튀믈러 양과 동맹을 맺고자 했다. 안나가 어떤 기분인지, 그러니까 다른 여자들을 비방하면서 안나가 얼마나 고통스러운 행복감에 빠지는지를 전혀모르는 것 같았다. 한편, 그는 스스로 희생양이라는 데에 도취된 여자들로부터 벗어나 이지적인 안나 곁에서 보호받기를 원했다. 그는 안나에게 존경받고자 애썼고, 그 점을 유독 중시했다. 안나는 그가 바라는 존경을 충분히 주고 싶었지만, 그것이 결국 그의 남성적 매력에 빠진 자신의 약점을 미화하는 것뿐이라는 사실을 스스로 알고 있었다. 정말 놀랍게도 구혼으로, 정식 청혼으로 이어질 것 같았고, 결정적인 한마디가 나왔다면 안나는 그냥 결혼했으리라. 하지만 그렇지 않았다. 고상한 것에 대한 그의 공명은 안나의 육체적 결함과 빈약한 지참금을 넘어설 정도는 아니었다. 곧 그는 안나에게서 멀어졌고, 보훔의 부유한 공장주의 딸과 결혼했다. 그가 보훔에 있는 장인의 공장에서 일하게 되자 뒤셀도르프의 여자들은 낙담했고, 오히려 안나는 홀가분해했다.

로잘리는 딸의 애석한 경험을 잘 알고 있었다. 어느 날 안나가 격한 감정에 휩쓸려서 어머니의 가슴에 머리를 묻고 그 사건을 수치스러운 일이라 칭하면서 눈물을 쏟지 않았더라도 로잘리는 그 사건을 모를 리 없었다. 튀믈러 부인은 다른 일엔 별로 현명하지 않았지만 여자의 일에 관해서는, 자연이 여성에게 부여한 온갖 육체적이고 정신적인 문제에 대해서는 비상한 수준, 나쁜 의미가 아니라, 완전히 당사자와 공감하는 수준의 통찰력을 가지고 있었으므로, 주변에서 어떤 일이 일어나고 어떻게 진행되어 가는지를 잘 파악했다. 남몰래 살그머니 보내는 미소, 홍조, 눈의 반짝임만 보고도 그녀는 누가 어느 남자에게 반했는지 금방 알아차렸고, 신뢰하는 딸한테 자기가 눈치챈 바를 살짝 말해 주었다. 물론 딸은 그런 일을 전혀 눈치채지도, 알려고 하지도 않았다. 로잘리는 어느 여자가 결혼 생활에 만족하는지 아닌지를 재미있어하면서, 또는 딸해하면서 본능적으로 알아챘다. 임신 역시 대번에 확실하게 알아보았는데, 경사스럽고 자연스러운 일인 만큼 부지불식간에 사투리로 "저 댁에 경사가 났네요."라는 말을 내뱉기도 했다. 딸은 고등학교 상급생이 된 동생의 숙제를 자주 도와주었다. 로잘리는 그런 모습을 바라보기를 좋아했는데, 단순하면서도 정확한 그녀의 심리적 능력으로 볼 때, 딸은 남성 세계로부터 거부당한 상처를 그 같은 우위적 행동을 통해서 의식적으로든 무의식적으로든 위안받고 있음을 알았기 때문이었다.

키가 크고 머리가 붉은 아들은 아버지를 닮았는데, 인문계 공부에는 소질이 없고 교량이나 도로 건설 따위를 좋아했으므로 토목 기사를 지망했다. 어머니는 아들에 대해서는 별로 관심이 많지 않았다. 싸늘하고 피상적이고 형식적인, 속마음을 떠보는 듯한 우정이 아들에 대한 감정의 전부였다. 반면 딸에 대해서는 유일하고 심지어 집착하는, 진정한 친구의 관계였다. 하지만 딸의 성격은 폐쇄적이었으므로, 만약 어머니가 고고하고 쌀쌀맞은 그 체념의 감정을 다 이해하면서 권한과 책무를 다하지 않았더라면, 두 사람의 신뢰는 일방적인 관계가 되고 말았을 터다.

그래서 로잘리는 아무렇지 않게, 즐거운 마음으로 친구이자 딸인 안나의 사랑스럽고 관대한, 그러면서도 우울하게 조롱하는 듯하고 약간은 고통스러워 보이는 미소를 자연스럽게 받아들이며 관대하게, 지극히 관대하게 행동했다. 그리고 자신의 그런 소박한 마음을 행복의 권리라 부르면서 스스로에게, 그리고 안나의 찡그린 얼굴을 향해 웃음을 보냈다. 자연에 대한 사랑에 있어서는 특히 더 각별해서, 그녀는 이지적인 딸에게도 자연을 사랑하도록 요구했다. 로잘리가 봄을 얼마나 사랑하는지는 말할 필요조차 없었다. 봄은 그녀가 태어난 계절, 즉 '나의 계절'이었으므로, 전부터 봄이 되면 이상하리만치 특별하게 건강과 활력이 돈다고 믿었다. 따스해진 하늘을 올려다보며 새들을 부르는 로잘리의 얼굴은 환히 빛났다. 마당의 꽃밭에서 처음 피어난 크로커스, 수선화, 히아신스나 튤립의 새싹이나 꽃잎을 볼 때면 눈물을 글썽일 정도였다. 교외로 소풍을 가다가 길가의 사랑스러운 오랑캐꽃, 노랗게 핀 금작화와 개나리 덤불, 빨간색 또는 하얀색의 산사나무꽃, 라일락, 밤나무의 붉고 하얀 꽃, 이 모든 것에 대해서 그녀는 딸도 함께 감탄하고 황홀감에 빠지기를 바랐다. 로잘리는 화실로 꾸민 북향 방에 자리한 추상적인 그림 사이에서 딸을 끌어냈고, 안나는 종종 가운을 벗어 버리고 어머니와 함께 몇 시간이고 즐겁게 산책을 했다. 그럴 때 안나는 놀랄 만큼 잘 걸었다. 사람들과 함께 있으면 될 수 있는 한 움직임을 줄여서 절뚝거리는 모습을 감추려고 했지만, 혼자 있으면 마음 편히 자유롭게 움직일 수 있었으므로 꽤 오래 걸을 수 있었다.

산책길의 나무들이 열매를 기약하며 흰색, 분홍색으로 아름답게 치장하고, 큰길마저 시적인 분위기를 풍기는 봄의 개화기는 정말 아름다운 계절이다. 두 사람이 걷는 개울가에 늘어선 키 큰 은백양나무의 솜털이 바람에 머리 위로 눈처럼 흩날리더니 금세 땅을 덮었다. 그 광경을 보면서 로잘리는 기쁨에 겨운 나머지 딸에게 식물학 강의를 시작했다. 즉, 이 은백양은 암수딴그루이므로 어느 나무는 수꽃만, 다른 나무는 암꽃만 피운다고 설명했다. 그러면서 바람에 의한 수분을 설명했다. 이를테면 바람의 신이 사랑의 심부름꾼이 되어서 초원의 자손들에게 솜털을 운반해 준다고, 가령 정숙하게 기다리는 암꽃의 암술머리에 화분을 옮겨 주는 걸 일종의 수정(受精)이라 하는데, 그 과정이 로잘리에게는 아주 우아하게 보인다는 것이었다.

장미의 계절은 로잘리에게 너무도 큰 기쁨을 안겨 주었다. 그녀는 꽃의 여왕인 장미를 정원 화단에서 기르며 온갖 정성을 기울였다. 벌레는 적당한 약품을 써서 관리했다. 영광이 지속되는 한 장롱과 화장대 위에는 언제나 향기로운 장미 다발이 놓여 있었다. 봉우리가 맺힌 것, 반쯤 핀 것, 활짝 핀 것, 모두 빨간 장미였다.(흰 장미는 좋아하지 않았다.) 대부분 손수 기른 것이지만 그녀의 취미를 잘 아는 방문객이 부러 가져다 준 것도 있었다. 로잘리는 두 눈을 감고 오랫동안 꽃다발 속에 얼굴을 묻었다가 다시 고개를 들면서, 이것이야말로 천국의 향기라고 단언했다. 프시케가 등잔을 들고 잠자는 아모르 위로 고개를 굽혔을 때, 그녀의 콧속은 아모르의 입김과 머릿결과 뺨에서 흘러나오는 이런 향기로 가득했을 터다. 따라서 이 향기야말로 천국의 향기며, 우리의 영혼이 세상을 떠나 영원한 왕국에 오르면 바로 장미 향기 속에서 호흡하게 되리라고 로잘리는 생각했다. 그럴 때면 안나는, 만약에 천국의 향기가 그렇다면 곧 익숙해져서 아무것도 못 느끼게 될걸요, 라고 회의적으로 대꾸했다. 하지만 로잘리 폰 튀믈러 부인은 물러서지 않고 연장자의 지혜를 내세웠다. 그렇다면 모든 행복이 다 그럴 테고, 감각하지 못하는 무의식의 행복도 행복임에는 틀림없다고 반박했다. 그러면 또 안나는 사과의 뜻으로 어머니에게 부드럽게 키스를 했고, 두 사람은 함께 웃었다.

로잘리는 인공 향료나 향수를 전혀 사용하지 않았고, 울리히 광장의 맞은편에 위치한 J. M. 파리나 상점의 산뜻한 화장수만을 사용했다. 하지만 자연이 우리의 후각에 제공하는 향기라면 ― 잔잔한 향기, 달콤한 향기, 씁쓰름한 향기, 자극적인 향기, 취할 듯 아찔한 향기까지 모두 좋아했으므로, 극히 감각적인 존경심을 가지고 마음속 깊이 감사하게 들이마셨다. 로잘리가 딸과 함께 자주 다니는 산책길 주변은 지층(地層)으로 이어진 비탈이 야트막한 골짜기를 이루었다. 바닥은 영춘화와 감탕나무 덤불이 밀집해서 침침했고, 비가 올 듯한 6월의 무더운 날에는 증기구름으로 데워진 향내가 거의 사람을 취하게 할 만큼 올라왔다. 안나는 그 냄새를 맡으면 머리가 약간 아팠지만, 그래도 어머니를 따라서 몇 번이고 그곳에 가야만 했다. 로잘리는 무겁게 피어오르는 그 향기를 마시며 굉장히 흡족해했고, 멈췄다가 다시 걷고 그러다가 또 걸음을 멈추어 서서 경사면으로 몸을 기울인 채 신음 소리를 냈다. "얘, 얘야, 정말 굉장해. 이거야말로 자연의 숨결이야. 정말 달콤한 생명의 숨결이야. 태양의 온기를 받고, 습기를 마시고, 자연의 품에서 우리를 향해 황홀하게 토해 내는 숨결이지. 존경하는 마음으로 이 숨결을 들이마시도록 하자. 우리도 자연의 귀한 자녀들이니까."

"그런데 엄마," 도취한 어머니의 팔을 잡아끌고 절뚝절뚝 걸으면서 안나가 말했다. "자연은 나를 그다지 좋아하지 않는 모양이에요. 나는 그 냄새를 맡으면 관자놀이가 짓눌리는 기분이에요."

"그래, 그건 네 머리가 자연을 거부해서 그렇단다." 로잘리가 말했다. "네 재능을 자연에 바치지 않고 자연을 넘어서려고 해서 그런 거지. 네가 자랑하듯 너는 자연을 관념의 주제로만 보면서, 감성을 알 수 없는 냉기 속으로 쫓아 버리잖니.

안나야, 물론 그것도 괜찮아. 하지만 사랑스러운 자연의 입장에서 보자면 나는 그러는 게 싫더라."

로잘리는 보리수가 꽃피는 7월에 문득 이런 생각을 했다. 이때 역시 그녀가 좋아하는 계절로, 창문을 열어 놓으면 몇 주 동안 가로수의 형언할 수 없이 맑고 부드러운 향기가 집 안을 가득 채워서 입가에 황홀한 미소를 머물게 했다. 그럴 때면 로잘리는 이렇게 말했다. "이런 걸 그려야 해, 이런 걸 예술적으로 표현해야 해. 너희도 예술에서 자연을 완전히 추방할 생각은 아니겠지. 아무리 추상적인 활동을 하더라도 그 출발은 자연이니까. 관념적인 작업에도 감각적인 것이 필요해. 향기도, 말하자면 감각적인 동시에 추상적인 것이어서 눈으로는 볼 수 없지만 공기를 통해 우리에게 작용하지. 눈에 보이지 않는 행복감을 시각적으로 옮기는 것이 바로 회화 아니니? 자, 어서 일어나도록 해라, 팔레트는 어디에 뒀지? 행복을 주는 이 향기를 섞어서, 색채라는 행복으로 화폭에다 담아 봐. '보리수 향기'라고 제목을 붙이면 되겠네. 그러면 감상하는 사람도 금방 의미를 알 수 있을 테지."

"엄마, 정말 놀라워요." 폰 튀믈러 양이 대답했다. "회화과 교수도 생각 못 할 문제를 엄마가 생각해 냈어요. 그런데 엄마가 철저한 낭만주의자라는 사실을 아세요? 여러 가지 감각을 공감각적으로 융합해서, 신기하게도 향기를 빛깔로 바꾸어 내니 말이에요."

"유식한 네가 나를 놀리는구나."

"아니에요. 놀리는 거 절대 아니에요." 안나가 진심을 담아 말했다.

8월의 한창 무더운 어느 날 오후, 산책하던 두 사람에게 좀 기묘한 일이 생겼다. 놀림거리가 될 만한 사건이었다. 초지와 잡목 숲 사이를 걷는데, 갑자기 사향 냄새가 났다. 처음에는 거의 알아채지 못할 정도로 희미했지만 점차 확실해졌다. 먼저 이 향기를 맡고 "어머나, 무슨 향기지?"라고 말한 사람은 로잘리였고 딸도 곧 동의했다. 아마 사향 향수 정도의 향기가 틀림없었다. 그 향기의 근원지를 찾아서 몇 발짝 걸어가니 불쾌하기 그지없는 장면이 펼쳐졌다. 그것은 길가에서 햇볕을 받아 들끓는, 쇠파리들이 잔뜩 몰려 있고, 주위로도 쇠파리들이 윙윙 날아다니는 한 무더기의 배설물이었다. 가까이에서 보기조차 끔찍했다. 짐승의 것인지, 사람의 것인지도 모를 조그마한 배설물이 썩은 풀 따위와 섞여 있었는데, 그 옆에는 심하게 부패된 작은 들짐승의 사체도 있었다. 부글거리는 이 덩어리보다 더 혐오스러운 것은 없을 지경이었다. 그런데 수많은 쇠파리를 끌어들이는 이 배설물의 불쾌한 냄새는 애매하고 이중적이었는데, 더 이상 악취라 부를 수 없는, 틀림없는 사향의 향기였다.

어서 지나가자고, 두 사람이 동시에 말했고 안나는 다시 발을 내디디며 어머니에게 기댔다. 잠시 동안 두 사람은 그 기이한 느낌을 진정하려는 듯 침묵했다. 그러다가 로잘리가 입을 열었다.

"나는 원래 사향을 좋아하지 않아. 그걸로 향수를 만들어서 뿌리는 게 이해가 안 돼. 사향액[6]이라는 것도 사향의 일종이지, 꽃이나 나무에서는 그런 냄새가 안 나. 과학 시간에 배웠지만 동물들은 몸의 여러 분비선에서 냄새를 발산하지. 쥐,

---

6    사향고양이에서 채취하는 사향을 가리킨다.

고양이, 사향고양이, 사향노루 같은 것 말이야. 실러의 「간계와 사랑」[7]에 간신배 하나가 등장해. 멍청이인데 시끄럽게 소리치며 나타나서는 관객석까지 사향 냄새를 풍기지. 그 장면을 읽으면 나는 항상 웃음이 나더라."

두 사람은 쾌활함을 되찾았다. 로잘리는 육체적, 정신적으로 여성성이 감소하고 퇴화하는 나이인지라 생리적 적응기를 맞아서 어려움을 겪고 있었지만 아직은 유쾌한 웃음을 마음껏 터뜨릴 줄 알았다. 당시 그녀에게는 자연에, 집 가까이 위치한 호프가르텐[8] 한구석에 친구 하나가 있었다.(그쪽으로 말카스텐 거리가 이어져 있었다.) 바로 홀로 서 있는 늙은 떡갈나무로, 몸통은 마디지고 휘어지고 뿌리 일부가 밖으로 튀어나오고, 투박한 밑동에서 굽이진 굵은 가지가 나온 자리에 다시 잔가지가 솟아 있었다. 여기저기 구멍 난 나무줄기는 시멘트로 메워져 있었다. 공원 관리자가 백 년 묵은 고목을 돌보았지만, 나뭇가지 대부분이 이미 죽어서 잎은 나오지 않았다. 앙상하게 팔을 벌리고 하늘 높이 솟아 있을 뿐이었다. 끝까지 살아남은 일부 가지에서만 봄이 되면 언제나 신성하게 추앙하는 양 손바닥 모양의 잎이 나왔는데, 그것을 가지고서 승리의 월계관을 엮었다. 로잘리는 그 잎을 보는 것이 좋아서 생일 전후로 매일 큰 관심을 기울이며, 아직도 생명이 붙어 있는 그 고목의 크고 작은 가지에서 신록이 나오는 모습을 유심히 바라보았다. 그리고 그 나무가 서 있는 풀밭 가장자리의 벤치에 안

---

7    요한 크리스토프 프리드리히 폰 실러(Johann Christoph Friedrich von Schiller, 1759~1805)의 대표적 희곡 작품으로, 원제는 'Kabale und Liebe'이다.
8    독일 뒤셀도르프의 중앙 공원.

나와 함께 앉아서 이렇게 말했다.

"대단한 노익장이야. 저렇게 버티면서 살아 있는 모습을 어느 누가 감동의 눈길로 바라보지 않을 수 있겠니! 저 뿌리 좀 봐. 든든하게 보이는 저 팔뚝만 한 뿌리들이 어쩌면 저렇게 너른 땅에 달라붙어 있는지, 양분을 주는 대지에 딱 박혀 있는지 모르겠다. 벌써 많은 비바람을 겪었고, 앞으로 또 그런 시련을 극복하겠지. 쓰러지지는 않을 거야. 구멍은 시멘트로 땜질했고, 가지마다 잎을 틔우지는 못해도 때가 되면 줄기로 양분을 빨아들이겠지. 그것을 나무 전체로 퍼트리지는 못해도, 여하튼 얼마간 잎을 푸르게 하니 사람들도 그 용기를 귀하게 여기고 아껴 주는 거야. 저기 저 꼭대기에 있는, 바람에 흔들리는 새잎이 보이지? 주위의 어떤 것도 싹을 못 피우는데, 저 가지 혼자서 체면을 세우는구나."

"그래요, 엄마, 엄마 말대로 정말 대단해요." 안나가 대답했다. "그런데 이제 집으로 돌아갔으면 해요. 나 힘들어요."

"힘들어? 그거 때문이니? 그래, 내가 또 잊었구나. 너를 데려온 내 잘못이야. 고목에 정신이 팔려서 네가 웅크리고 앉아 있는 모습을 보지 못했어, 미안하다. 내 팔 잡고 어서 가자."

폰 튀믈러 양은 예전부터 생리통이 심했다. 유별나다기보다 흔한 통증으로, 의사조차 안나의 체질이 그래서 어쩔 수 없다고 했다. 어머니는 집으로 돌아가는 동안 딸을 위로하면서 기분을 북돋아 주었고, 한편 아파하는 딸을 내심 부러워하면서 이렇게 말했다.

"너 아직 기억하지? 난생처음 그 일을 겪었을 때 많이 놀랐던 거. 그때 내가 그건 자연스럽고, 필요하고, 기쁜 일이라고 설명해 주었잖아. 이제 다 자라서 완전한 여자가 되었다는 뜻이니 축하할 만한 일이라고 말이야. 나는 경험한 적이 없지만 너 말고 그런 사람을 두세 명 알아. 내 생각에 우리 여자들은 자연계나 남자들이랑 조금 다른 것 같아. 남자들이란 그런 통증도 모르고 병이 났다는 사실만 알아. 일단 아프면 야단법석을 떠는 게 보통이지. 네 아빠도 그랬단다. 장교에다 참전 용사인데도 말이야. 하지만 우리 여자들은 남자들하고 달라서 고통을 잘 참지. 말하자면 고통받으려고 태어난, 참는 게 천성인 사람들이야. 우리는 자연적이고 건전한 진통, 그러니까 축복받은 성스러운 출산의 진통을 알고 있잖니. 그것은 완전히 여자만의 것으로, 남자들은 그런 것에서 면제 또는 배제되어 있지. 어리석은 남자들은 우리가 반쯤 무의식적으로 지르는 소리에 놀라서 자책하고 머리를 움켜쥐지만, 실제로 우리는 마음껏 웃어 대고 있어. 안나야, 내가 너를 낳을 때도 정말 굉장했단다. 진통이 시작된 뒤로 서른여섯 시간이나 계속됐는데, 네 아빠는 그저 머리를 감싸 쥐고 온 집 안을 내내 헤맸지. 그런데 그날은 내 인생의 날이었어. 그리고 내가 소리를 지른 게 아니라, 저절로 그런 소리가 나온 거야. 이를테면 고통의 성스러운 황홀경이었어. 그다음, 에두아르트를 낳을 때는 진통이 그 반도 안 됐는데, 아마 남자들은 절대 못 참았을 거야. 남자들은 정말 고맙게 생각해야 해. 그런데 말이지 진통이란 대개 친절한 자연이 우리에게 보내는 위험 신호야. 몸에 무슨 이상이 생겼고, 뭔가 잘못됐으니 어서 대책을 강구하라는 신호지. 그건 우리 여자들한테도 마찬가지고, 또 그렇게 이해하곤 하지. 하지만 너도 알다시피 생리 전에 나타나는 통증은 그런 것과 달라, 경고가 아니야. 너는 일반적인 경우보다 정도가 심하지만, 그래도 귀한 것이니 삶의 의식(儀式)으로 받아들여야 해. 우리가 여자인 이상, 어린아이가 아니고 또 노인이 아니라면, 우리에게는 어머니의 기관, 자랑할 만한 생명의 샘이 있어. 사랑스러운 자연은 그것을 통해서 수정된 난자를 맞이할 준비를 하지. 그렇게 난자가 들어오면 다달이 있던 생리가 사라지고, 마침내 임신하는 거야. 내 긴 생애에서는 두 차례 그런 일이 있었고, 그 둘 사이의 간격은 퍽 길었지. 맙소사, 처음에 그것이 사라졌을 때는 얼마나 놀랐는지 몰라. 삼십 년 전의 일이지. 그때 생긴 아이가 바로 너란다, 안나야. 아직도 기억이 생생하구나. 네 아빠한테 고백하면서 얼굴을 붉힌 채 머리를 기대고 속삭였지. '로베르트, 아무래도 그런 것 같아요. 징조가 그래요. 생겼어요…….'"

"엄마, 제발 부탁이니 그 라인 지방 사투리 좀 쓰지 마세요. 그 말을 들으면 심란해요."

"얘야, 미안하다. 심란하게 할 생각은 추호도 없었어. 그저 그때 부끄럽고 행복해서 네 아빠한테 사투리로 고백했다고 말한 것뿐이야. 우리는 지금 자연스러운 일에 대해서 이야기하는 중이잖니. 그런데 자연과 사투리, 이 두 가지는 자연과 민족이 그렇듯이 내 감정 속에서 서로 연관되어 있단다. 하지만 그게 잘못이라면 내가 고치마. 네가 나보다 똑똑하니까. 그래, 너는 똑똑해. 그런데 예술가로서는 자연하고 잘 어울리지 못하고 자연을 정신적인 것, 말하자면 정육면체나 나선형으로만 해석하려고 하지. 지금 연관성에 관한 이야기를 하다 보니까 문득 이런 생각이 드는데, 네가 자연을 대하는 고상하고 지적인 태도와, 자연이 생리 때 너에게 가하는 통증 사이에 어떤 관련이 있는지 궁금하구나."

"참 엄마도," 안나는 웃지 않을 수 없었다. "엄마는 나더러

이지적이라고 비난하면서 스스로 대단히 이지적인 이론을 내세우시네요."

"너를 조금이라도 즐겁게 해 줄 수 있다면 아무리 유치한 이론이라도 상관없어. 그런데 내가 여자의 여러 고통에 관해서 한 얘기는 진심이고, 네게 위로가 됐으면 해. 너는 서른이라는 한창 나이를 기뻐하고 자랑스럽게 여겨야 해. 정말이지 내가 너라면 제멋대로 구는 그 통증을 즐겁게 받아들일 것 같아. 하지만 유감스럽게도 나는 그럴 수가 없구나. 점점 불규칙적이고 양도 적어지더니 이젠 두 달째 사라지고 말았어. 성서의 기적 같은 일은 나한테 일어나지 않겠지. 사라[9] 말이야, 사라에게는 그 뒤로 또다시 임신의 기적이 일어났지. 하지만 그저 성서의 이야기일 뿐, 오늘날에는 그런 일이 일어나지 않아. 그것이 끊기고 나면 우리는 이제 여자가 아니야. 시든 껍데기, 자연한테 버림받은 낡고 쓸모없는 찌꺼기에 불과해. 얘야, 그건 정말 가슴 아픈 일이란다. 그런데 남자들은 평생 동안 괜찮은 것 같더구나. 나는 여든이 넘어서도 여자를 그냥 내버려 두지 않는 남자들을 여럿 보았단다. 네 아버지 역시 그런 사람 중 하나였을 테지. 중령일 때도 내가 눈감아 주지 않으면 안 되는 일이 있었으니까. 남자한테 쉰 살은 아무것도 아니야. 혈기가 좀 줄어들었을지언정 바람을 피우는 데는 지장 없을 거야. 귀밑머리가 허연데도 젊은 아가씨하고 재미 보는 사람들이 있지. 반면 우리 여자들은 생리나 여성의 과업, 아예 인생 전체가 서른다섯까지로 제한되어 있어. 쉰 살이 되면 다 써

9  아브라함의 아내. 사라는 완경한 몸으로 100세의 아브라함과 이삭을 낳았다.
   (「창세기」 21장 1~5절)

먹힌 존재, 출산 능력이 없는, 자연계에서 쓸모없는 존재가 되고 말지."

자연을 추종하는 어머니의 주장에 대해서 안나는 대부분의 여자들이 흔히 보일 법한 반응과는 다르게 응답했다.

"엄마, 그렇게 말하면 엄마는 나이 든 여성을, 인생의 과업을 완수하고 엄마가 좋아하는 그 자연에 의해 새롭고 안락한 상태로 옮겨 가면서 위엄을 얻은 여성을 경멸하고 조롱하는 거예요. 생리를 마치는 것은, 말하자면 보다 높고 아름답고 명예로운 경지이므로, 여러 사람들에게, 가까운 사람에게든 먼 사람에게든 여전히 많은 것을 줄 수 있는 상태가 아닌가요? 남자를 부러워하시는데, 물론 남자가 여자에 비해 성생활 면에서 자유로운 건 사실이에요. 하지만 나는 그게 과연 좋은지, 부러워할 가치가 있는지 의심스러워요. 그리고 모든 기품 있는 민족은 항상 노부인을 존중하고 신성시했어요. 그러니 우리도 엄마의 사랑스럽고 매력적인 노년의 위엄을 신성한 것으로 생각하도록 해요."

"애야," 로잘리는 걸어가면서 딸을 자기 쪽으로 잡아당겼다. "참 아름답고 현명하고 훌륭한 말이로구나. 네 통증을 위로해 주려고 했는데, 오히려 네가 어리석은 엄마의 철없는 불평을 위로해 주었어. 그런데 애야, 품위니 변화니 하지만 사실 육체적인 면만 하더라도 새로운 상태로 옮겨 가기란 정말이지 괴로운 일이란다. 그것만으로도 많이 괴로운데, 심지어 감정적인 부분마저 있어서, 노년의 위엄이나 노부인으로서 존경받는 것 따위는 깡그리 잊히고 말지. 그저 육체가 시드는 상황만 싫어하게 돼. 정말이지 힘들어. 달라진 육체에다 감정을 적응시키기란 정말 힘든 일이야."

"그래요, 엄마, 이해해요. 하지만 이것 보세요. 몸하고 마음은 하나예요. 육체적인 것과 마찬가지로 심리적인 것 역시 자연이에요. 자연은 심리도 포함하니까요. 너무 두려워하실 필요 없어요. 엄마의 마음도 머지않아 몸의 자연스러운 변화와 화합하게 될 거예요. 그러니까 이렇게 생각하세요. 감정은 육체의 영향을 받는다, 또 우리의 감정이 변화된 몸에 어울리지 않는 너무 힘겨운 임무를 맡으면 스스로 아무것도 할 수 없음을 깨닫고 몸한테 그 일을 떠넘겨서 직접 해결하게 한다고. 왜냐하면 육체가 감정을 상황에 맞도록 조율해 주거든요."

어째서 자신이 그런 말을 하는지 튀믈러 양은 알고 있었다. 엄마가 솔직하게 자기 이야기를 털어놓을 즈음, 집에서 종종 새로운 얼굴이 눈에 띄었기 때문이다. 그 얼굴은 전에 없이 자주 보였고 그 탓에 일종의 미묘한 기류가 생겨났는데, 안나의 조용하고 신중한 관찰을 결코 피해 가지 못했다.

그 새로운 얼굴은, 안나가 보기에 정말 특별하지 않고 달리 지적이지도 않은 퀸 키튼이라는 청년으로, 전쟁 때 유럽으로 건너온 스물넷쯤 된 미국인이었다. 그는 얼마 전부터 이곳에 체류하며 가정집에서 영어를 가르치고, 때로는 부유한 사업가의 부인들한테 강사료를 받고 영어 회화를 교습해 주었다. 에두아르트는 졸업반 부활절 무렵에 영어 과외 이야기를 들었고, 엄마에게 부탁해서 미스터 키튼한테 일주일에 몇 차례 오후에 영어를 배우기 시작했다. 김나지움에서는 그리스어와 라틴어를 많이 가르치고 다행히 수학도 상당히 교육하지만 영어만큼은 잘 가르치지 않았는데, 장래의 학업을 위해서는 영어가 제법 중요했으므로 꼭 필요했다. 에두아르트는 지루하고 재미없는 인문 고등학교 과정을 마치면 공과 대학으로 진학하고, 그 후에는 영국이나, 아니면 공학의 이상향인 미국에서 학업을 이어 갈 계획이었다. 자신의 명확하고 확실한 의지를 인정하고, 원하는 대로 진로를 정하게 해 준 엄마에게 에두아르트는 감사한 마음을 가지고 있었다. 월요일, 수요일, 토요일에 키튼과 함께 하는 영어 공부는 그에게 정말 기쁜 일이었다. 장래의 희망을 위한 공부였지만 다른 한편으로는 낯선 외국어를 완전히 기초부터 새로 시작한다는 것, 어린 아이처럼 ABC부터 배우는 일이 재미있었기 때문이었다. 단어들, 괴상한 철자법, 이상야릇한 발음 따위를, 가령 켄은 엘 (l) 발음을 라인 지방보다 목의 더 깊숙한 부분에서 내고, 알 (r)은 입천장에서 혀를 굴리지 않은 채 길게 과장되도록 발음하면서 마치 모국어로 장난치는 것만 같았다. "뚜껑을 도르려라.(Scrr-ew the top on.)"라고 그가 말했다. "난 잠에 골ㅎ라 떨어졌어.(I sllept like a top.)", "앨프리드는 테니스 플레이어이고, 그의 어깨 너얼비는 30인치이다.(Alfred is a tennis play-err. His shoulders are thirty inches brr-oaoadd.)" 에두아르트는 앨프리드라는 어깨 넓은 테니스 선수의 장점에 관해 '그런데(though)', '생각하기를(thought)', '가르쳤는데(taught)' 같은 단어를 넣어서 이야기했고, 한 시간 삼십 분의 과외 시간을 웃음바다로 만들었다. 그런 식으로 공부하면서 영어 실력이 많이 늘었다. 키튼이 실력 있는 교사여서가 아니라, 오히려 완전히 제멋대로 가르쳤기 때문이었다. 말하자면 계획 없이 건너뛰고 되는대로 실습시키고 속어나 농담으로 영어를 가르쳤는데, 학생은 오직 키튼의 편하고 재미있고 세계적인 언어 속으로 하루빨리 진입할 수 있기를 희망했다.

에두아르트의 교육 방식이 무척 재미있었으므로 폰 튀믈러 부인은 가끔 젊은이들을 찾아가서 그 유익한 농담에 참여했는데, '테니스 플레이어 앨프리드'를 발음하면서 한바탕 웃곤 했다. 그러면서 테니스 선수 앨프리드와 젊은 가정 교사의 유사점을 발견하기도 했는데, 특히 키튼의 어깨 넓이는 가히 국보급이었다. 풍성한 금발의 켄은 특별히 미남이라고는 할 수 없어도 딱히 못생긴 얼굴이 아니었고, 편하고 순진하고 친절한 인상이었다. 앵글로색슨 혈통이 섞인 이목구비는 이 주변에서 흔치 않았는데, 헐렁하고 큰 옷 위로도 멋진 체격이 확연히 드러났고 다리는 길며 허리는 날씬했다. 손이 아주 잘생겼는데, 왼손에는 장식 없는 반지를 끼고 있었다. 단순하고 솔직하고, 그러면서도 예의에 벗어나지 않는 성품이었다. 익살스러운 독일어를 말할 때면 영어를 발음할 때와 마찬가지로 입술을 움직였는데, 그가 어렴풋이 아는 프랑스어나 이탈리아어 몇 마디를 중얼댈 때도 그러했다.(그는 유럽의 여러 나라에서 체류했었다.) 이런 모든 것들이 로잘리로서는 굉장히 마음에 들었다. 다른 무엇보다도 그의 자연스러움이 마음에 들었고, 그래서 가끔, 나중에는 거의 정기적으로, 영어 공부가 끝나면 그를 저녁 식사에 초대했다. 그에게 유독 관심을 두게 된 계기는, 그가 여자들한테 인기 많다는 소문을 들었기 때문이었다. 그런 얘기를 염두에 두고 키튼을 자세히 관찰해 보니, 과연 납득할 수 있었다. 다만 키튼이 식사할 때나 이야기할 때, 종종 트림하는 점만은 마음에 들지 않았다. 그럴 때면 그는 손에 입을 갖다 대고 "파든 미!(Pardon me!)"라고 외쳤는데, 예의를 지키려는 말이 오히려 더 주목을 끌었다.

식사 때 들려준 바에 따르면 켄은 미국 동부에 위치한 소도시에서 태어났으며, 아버지가 거기서 이런저런 직업──때로는 브로커를, 때로는 주유소 매니저를 전전하다가 부동산 사업으로 돈을 좀 벌었다고 한다. 그는 고향에서 고등학교를 다녔지만, 그가 존경심을 표하는 '유럽식 개념으로' 바라볼 때 거기서 배운 것은 하나도 없었다고 한다. 그래서 뭐라도 좀 배워 보려는 요량으로 디트로이트, 미시건 지역의 칼리지에 들어가서 접시닦이, 요리사, 웨이터, 캠퍼스 정원사 등의 일을 하며 손수 학비를 벌어서 공부했다고 한다. 그렇게 고된 일을 했는데 어떻게 그토록 흰 손을, 어쩜 귀족적인 손을 가졌느냐고 폰 튀믈러 부인이 묻자 그는 거친 작업을 할 때는 항상 장갑을 꼈다고, 짧은 소매의 폴로셔츠를 입거나 웃통을 다 벗고 일할 때조차 장갑만큼은 꼭 낀다고 대답했다. 미국에서는 대부분의 노동자들이 그렇게 일하며, 건설 노동자들도 굳은살 박인 손이 아니라 반지 낀 변호사 서기의 손처럼 보이게 하려고 그런다는 것이었다.

로잘리는 그런 풍속을 칭찬했다. 그러자 키튼이 "풍속이요? 풍속이라는 단어는 여기에 어울리지 않습니다. 이 경우, 과거 유럽과 관련 있는 민속적 관습이라는 의미의 풍속이라는 단어를 사용하기는 적당하지 않습니다."라고 대꾸했다. 그는 '유럽' 대신 '대륙'이라는 말을 주로 썼다. "예컨대 독일의 오랜 풍속, '봄 가지 때리기'[10] 말인데요, 즉 청년들이 성탄절이나 부활절 전에 아가씨를, 가축이나 초목을 자작나무나 버드나무의 새 나뭇가지로 때리는 것, 대륙 사람들 표현으로 '휘

---

10  겨울이나 초봄에 어린아이나 젊은 여성의 어깨를 나뭇가지로 건드리거나 때리는 풍습으로, 나무의 활기를 사람에게 주고 땅의 비옥함을 기리는 행사다.

갈기고', '후려쳐서' 건강과 번식을 기원하는 것, 그런 것이 풍속이지요. 그렇습니다, 본래 풍속이란 그런 것입니다. 나뭇가지를 휘갈기기나 후려치는 행사는 봄에도 하는데, 그건 '부활절 나뭇가지 때리기'[11]라고 하죠."

튀블러 집안 사람들은 아무도 그 '부활절 때리기'를 알지 못했고, 풍속에 관해 해박한 지식을 가진 켄을 보면서 놀랐다. '봄 가지 때리기'라는 말을 듣자 에두아르트가 웃었고, 손님의 얘기에 동의하면서 곧장 그 용어에 매혹되었다. 그러자 켄은 계속 말하기를, 그런 풍속이란 미국인들이 일할 때 장갑을 끼는 행동과는 근본적으로 다른 것으로, 저런 풍속은 미국 어디에서도 찾아볼 수 없다고, 왜냐하면 미국에는 사실상 시골이 없고, 농부 역시 전혀 농부가 아니라 다른 사람들처럼 사업가이기 때문이라는 것이었다. 태도나 행동으로 봐서 키튼은 틀림없이 미국인이지만 자신의 위대한 조국에는 전혀 애착이 없는 듯 보였다. "그는 미국을 좋아하지 않았다.(He didn't care for Amerika.)" 미국을 사랑하지 않았고, 미국의 황금 만능주의와 과도한 교회 참석, 출세욕, 심각한 무개성(無個性), 특히 역사적 분위기가 없음을 진심으로 혐오했다. "물론 미국에도 역사는 있습니다. 하지만 그건 '히스토리(history)'가 아니라 단순하고 진부한 '성공 스토리(success story)'일 뿐이에요. 삭막한 사막 외에도 아름답고 광대한 경치가 있지만 그 '배후에는' 아무것도 없습니다. 반면 유럽의 배후에는 많은 것들이 있습니다. 특히 심오한 역사를 지닌 도시들이 그렇습니다. 저는

11 '봄 가지 때리기'와 같은 의미의 행사로, 독일의 동부나 폴란드 지역에서 주로 그렇게 부른다.

미국의 도시를 별로 좋아하지 않습니다. 어제 지어서 내일 치워 버리지요. 소도시들은 모두 똑같은 새 둥지 같고, 대도시로 말하자면 돈으로 사들인 '대륙'의 문화재를 쌓아 놓은 어수선한 박물관이 마련된 괴수입니다. 사들인 것이 훔쳐 온 것보다 낫지만, 실은 별로 나을 것도 없죠. 왜냐하면 1400년이나 1200년의 유물이라면, 출처에 따라서는 도둑맞은 것이나 다름없으니까요."

켄의 불경스러운 이야기에 모두들 웃고 나무랐지만, 그는 경외심, 그러니까 유럽의 역사나 분위기에 대한 존경심 때문에 그런 말을 했노라고 말했다. "아주 오래된 역사적 순간, 1100년, 700년 같은 연호는 제 열정이자 취미의 대상으로, 저는 칼리지에서 역사 성적이 좋았습니다. 역사와 체육 성적이 우수했죠. 오래전부터 저는 유럽에 마음이 끌렸습니다. 유럽에는 유서 깊은 역사적 연호가 집마다 쓰여 있죠. 이번 전쟁이 없었더라도 저는 해병으로서든 접시닦이로서든 유럽으로 건너왔을 겁니다. 역사적 분위기를 맛보기 위해서요. 그런데 전쟁이 일어났고, 1917년에 얼른 육군에 지원했습니다. 훈련 기간 동안, 유럽으로 배치되기도 전에 전쟁이 끝날까 봐 걱정했죠. 파병 문이 닫히기 직전에 간신히 수송 부대에 들어가서 프랑스로 건너왔고, 콩피에뉴 근방에서 전투에 참가했습니다. 그런데 거기서 부상을 당했습니다. 가벼운 부상이라 일주일 정도 입원을 했습니다. 한쪽 신장을 다쳤지만 다른 쪽 신장은 멀쩡하니 아무 지장이 없습니다." 그러니까, 라고 하면서 키튼이 웃었다. 이를테면 자기는 상이군인인 셈이고, 그래서 약간의 상이 연금을 받고 있는데, 그 돈이 총에 맞은 신장보다 더 가치가 있다고 이야기했다.

전혀 상이군인 같지 않다고, 폰 튀믈러 부인이 말하자 켄은 "그렇습니다. 그런데 고맙게도 돈을 좀 타 먹고 있습니다." 라고 대답했다.

병원에서 퇴원한 다음, 그는 공로 훈장을 받고 '명예 전역'을 함으로써 군 복무에서 벗어났다. 그 후 얼마 동안 유럽에 체류했는데, 마침 유럽의 유서 깊은 역사적 분위기에 빠지게 되었다고 한다. "프랑스의 대사원, 이탈리아의 종탑, 광장, 회랑, 스위스의 시골 마을, 슈타인 암 라인[12] 같은 곳은 정말 근사합니다. 그뿐 아니라 어디에나 있는 포도주, 프랑스의 술집, 이탈리아의 식당, 스위스나 독일에 있는 '춤 옥센', '춤 모렌', '춤 슈테르넨'[13] 같은 술집은 미국에선 찾아볼 수 없어요. 미국에는 포도주가 없고 음료라고 해 봐야 위스키, 럼주 정도가 전부입니다. 유구한 술집이나 인동덩굴에 둘러싸인 참나무 탁자에 앉아서 시원한 엘제서, 티롤리, 요한니스베르거 한 잔을 마실 만한 곳도 없습니다. 정말이지 미국인들은 인생을 제대로 사는 방법을 몰라요.

독일, 독일이야말로 내가 좋아하는 나라입니다. 물론 독일을 잘 알지 못하고, 아는 곳이라고는 보덴 호수와 라인 지방뿐이지만요. 라인 지방에 대해서는 상당히 자세히 압니다. 사람들은 친절하고 유쾌한데, 더욱이 '곤드레가 되면' 정말 다정합니다. 도시들도 모두 유서 깊은데, 트리어, 아헨, 코브렌츠 그리고 신성한 쾰른이 있죠. '신성하다'는 단어를 미국 도

---

12  스위스 샤프트하우젠주에 위치한 중세풍 도시.
13  zum Ochsen(황소의 집), zum Mohren(무어인의 집), zum Sternen(별들의 집) 등은 독일의 흔한 술집 이름이다.

시에는 붙일 수 없어요. 신성한(holy) 켄자스시티, 하하! 미주리강에서 사는 물의 요정들이 지키는 황금의 보물[14], 하하! 파든 미!" 그는 메로빙거[15] 왕조 이후 뒤셀도르프의 오랜 역사를 로잘리와 그녀의 두 남매보다 많이 알았고, 프랑켄 왕조의 피핀[16]에 관해서, 린트후젠 궁전을 건축한 바르바로사[17], 하인리히 4세가 어렸을 때 대관식을 올린 카이저스베르트의 잘리어 사원, 그리고 알베르트 폼 베르크, 팔라틴의 얀 벨렘[18] 같은 많은 인물들에 대해서 역사 교수만큼이나 익히 알았다.

로잘리는 그가 영어뿐 아니라 역사도 가르칠 수 있겠다고 말했다. 그러자 켄은 역사를 배우려는 사람이 적어서 그럴 수 없다고 대답했다. 아니, 그럴 리가 없어, 라고 로잘리가 외쳤다. 그러고는, 나만 해도 지금 내가 얼마나 지식이 부족한지 깨닫게 됐고 당장이라도 역사를 배우고 싶은데, 라고 덧붙였다. "그건 좀 겁나는데요."라고 켄이 솔직하게 응수했다. 그러나 로잘리는 자기가 관찰한 바를 이야기했다. 예전부터 그녀가 기이하게 생각하고 또 마음 아프게 여기던 것은 젊은이와 노인 사이의 거리감이었다. 가령 젊은이는 인생의 한창 나이라 노인의 진가를 모르고, 반면 노인은 젊은이에게 내심 감탄하면서도 부러 조롱과 겸손을 내비치며 품위를 지킨답시고

---

14  '라인강의 보물을 지키는 물의 요정' 전설을 염두에 두고 하는 말이다.

15  5세기부터 8세기까지 프랑스와 벨기에, 독일과 스위스 일부분을 통치한 프랑크족 왕조다.

16  하우스마이어 피핀(Hausmeier Pipin, 714~768). 피피누스 3세, 장신이었던 아들 카롤루스 대제와 구분하고자 '단신왕 피핀'으로 불린다.

17  프리드리히 1세로, 신성 로마 제국의 황제다. 붉은 수염이 유달리 특징적이었기 때문에 바르바로사(붉은 수염)라고 불렸다.

18  얀 벨렘(Jan Wellem von Palatin, 1658~1716). 뒤셀도르프 태생의 정치인이다.

젊은이를 멀리하는 것이었다.

켄은 만족해하며 맞다고 웃었고, 에두아르트는 어머니가 마치 책을 읽는 듯 말한다고 지적했다. 그리고 안나는 어머니를 가만 노려보았다. 로잘리는 미스터 키튼 앞에서 늘 생기가 돌았는데, 유감스럽게도 가끔 좀 부자연스럽기도 했다. 로잘리는 켄을 자주 초대했으며, 심지어 켄이 그녀의 손에 입을 대고 "파든 미."라고 말할 때조차 모성적 감동을 얼굴에 드러냈다. 한편 안나는 미국 젊은이의 유럽 사랑, 700년이라는 연호에 대한 열정, 뒤셀도르프의 모든 맥줏집을 꿰고 있는 정성을 감안하더라도 켄을 전혀 높게 평가하지 않았다. 그리고 모성이라는 측면에서 어머니의 표정은 좀 이상해 보였고 별로 달갑게 여겨지지도 않았다. 미스터 키튼 앞에서 로잘리 부인은, 혹시 자신의 코가 붉어지지 않았는지 귀찮도록 안나에게 물었다. 안나는 그렇지 않다고 안심시켰지만, 사실 어머니의 코는 붉게 물들어 있었다. 로잘리의 코는 그 청년과 함께 있을 때면 기이할 정도로 심하게 붉어졌다. 하지만 어머니는 자신의 코가 어떤지를 깊이 생각하지 않는 듯 보였다.

안나가 정확히 본 것이었다. 로잘리는 아들의 젊은 가정교사에게 푹 빠져서 뜨거운 연정을 억누르지 못했다. 자신의 감정을 깨닫지 못했는지 그녀는 특별히 숨기려고 하지도 않았다. 만일 다른 사람들에게서 일어났더라면 로잘리가 예리한 눈길로 결코 놓치지 않았을 법한 일, 즉 켄이 잡담할 때 그녀가 애교를 부리면서 황홀한 웃음소리를 낸다든지, 진심 어린 시선을 보낸 뒤 빛나는 눈길을 숨기려 하는 행동 등을 스스로는 남들이 눈치채지 못하고 있으리라 생각하는 것 같았다.

만약 자신의 그런 감정을 무시하거나, 너무 강한 자존심 탓에 그 감정을 은폐하려는 것이 아니라면 말이다.

가만 지켜보기가 고통스러운 안나의 눈에 더운 9월 어느 날 저녁, 상황은 더욱 명료해졌다. 식사 초대를 받은 켄이 그 대로 남아 있을 때였다. 에두아르트가 수프를 먹고 나서 너무 더운 나머지 재킷을 벗어야겠다고 했다. 좀 벗어도 되죠, 라고 말하자 켄도 제자를 따라 벗었다. 긴 소매에 커프스가 달린 색깔 있는 셔츠를 입은 에두아르트와 달리 켄은 소매 없는 흰 운동 셔츠에다 재킷을 입고 있었으므로 팔뚝이 그대로 드러났다. 그는 노출을 조금도 꺼리지 않았다. 당당하고 강인하고 힘 있는 그의 희고 굵은 팔뚝은 대학 시절에 그가 역사와 마찬가지로 '체육' 과목에서도 우수했음을 누구나 알아보게 했다. 그런데 그 팔을 보았던 일이 로잘리 부인에게 얼마나 큰 충동을 일으켰는지 그는 조금도 알지 못했다. 에두아르트 역시 그것을 전혀 눈치채지 못했다. 안나만은 고통과 연민의 마음으로 어머니의 동요를 바라보았다. 로잘리는 마치 열에 달뜬 듯 이야기하다가 웃고, 갑자기 피를 뒤집어쓴 양 빨개졌다가 놀랄 만큼 창백해졌다. 켄의 팔뚝을 보지 않으려고 시선을 이리저리 돌렸지만 다시 어쩔 수 없이 그 팔뚝으로 시선이 돌아갔다. 그러고는 정신을 잃어버린 듯 몇 초 동안 깊고 관능적인 슬픔의 표정으로 거듭 그 팔뚝 위로 시선을 보내는 것이었다.

안나는 켄의 순진함을 조금도 신뢰하지 않았으므로 그의 천진난만한 태도에 화가 났다. 결국 열린 유리문으로 들어오는 밤바람을 구실로, 저녁 바람이 차가우니 감기 걸리지 않도록 어서 재킷을 입으라고 권했다. 폰 튀믈러 부인은 저녁 식사를 마치자마자 즉시 자리에서 일어났다. 두통이 심하다면서 손님에게 작별 인사를 고하고 서둘러 침실로 들어가 버렸다. 로잘리는 자기 방의 소파에 누워 두 손으로 얼굴을 가리고 쿠션에 묻은 채 수치심과 놀라움, 환희에 차서 스스로에게 사랑을 고백했다.

'맙소사, 그 애를 사랑해, 그 애를. 아직까지 그래 본 적이 없을 만큼 열렬하게 사랑해. 이럴 수 있나? 난 이제 인생에서 물러나 자연에 순응하면서 온화하고 기품 있는 노부인이 되어야 하는 나이 아닌가? 내가 지금 와서 열정에 사로잡힌다면 웃음거리가 될 거야. 하지만 그 애를 보면, 그 거룩한 팔을 보면, 경이롭고 뭐라 표현할 수 없는 환희에 빠져서 그를 사랑하고 있음을 인정하지 않을 수 없어. 그 팔에 안기고 싶은 갈망이 미칠 듯 솟구치고, 셔츠 속으로 뚜렷이 보이는 멋진 가슴을 바라볼 때면, 기쁨과 탄성을 자아내는 그 가슴에 안기고 싶은 마음이 간절해지지. 나는 부끄러움을 모르는 노인네인가? 아니야. 부끄러움을 모르는 여자는 아냐. 나는 그 애의 젊음 앞에서 부끄러울 따름이야. 그를, 순진하고 친절한 소년다운 그의 눈을 어떻게 마주해야 할지 모르겠어. 그 눈은 나의 뜨거운 열정을 전혀 모를 테지. 나는 '봄 가지 때리기'에 맞은 거야. 그는 아무것도 모른 채 봄 가지로 나를 후려쳤어. 나한테 '부활절 때리기'를 한 거야. 무엇 때문에 옛날의 민간 풍속을 신나서 이야기한 걸까? 깊은 잠을 깨우는 그의 매질을 생각하면 나의 내면 전체가 흘러넘치는 것 같아. 그리고 부끄럽지만 달콤한 감각이 가득 차오르고 있음을 느껴. 나는 그를 탐해. 지금껏 내가 누구를 탐한 적이 있던가? 젊었을 때 튀믈러가 나를 탐했고, 나는 그를 받아들였지. 그의 청혼을 허락했고, 의 젓한 그와 결혼했어. 그리고 그가 탐하는 대로 쾌락에 잠겼지.

그런데 이번에는 탐하는 쪽이 바로 나 자신이야. 내가, 내 손으로, 그리고 내 눈으로 마치 남자가 여자를 골라서 눈독 들이듯 그를 탐하고 있어. 이건 세월 탓이야. 내 나이 때문이고 그의 젊음 때문이야. 청춘은 여성적인데, 청춘에 대한 노년의 집착은 남성적이지. 노년의 욕망은 무능함 탓에 유쾌하지도 자신감이 넘치지도 않아서 청춘에, 자연 앞에 부끄러워하며 머뭇거린다. 아, 내 앞에는 괴로움뿐이야. 왜냐하면 그가 나의 욕망을 받아 주고, 만약에 받아 주더라도 예전에 내가 남편을 받아 주었듯이 그가 나의 구애를 받아 주길 바랄 수는 없으니까. 든든한 팔뚝을 가진 그는 여자가 아니라 젊은 남자, 욕망을 잔뜩 지닌 청년이야. 게다가 여자들한테 굉장히 인기 있다고 소문이 자자해. 그에게는 이 도시에만 해도 여자들이 많아. 그런 생각을 하면 질투가 나서 진정이 안 되고, 빽 소리를 지르고 싶다. 그는 펨펠포르터가(街)의 루이제 핑스텐한테 영어 회화를 가르칠 뿐만 아니라 아멜리 뤼첸키르헨도 가르치지. 그녀의 남편 뤼첸키르헨으로 말하자면, 뚱보에다 천식 환자이고 게으름뱅이인 자기(瓷器) 공장 사장이지. 루이제는 껑다리에다 앞머리가 우스꽝스럽지만 이제 서른여덟이고 눈이 사랑스러워. 아멜리는 나이가 조금 더 많지만 예쁘장하지. 그녀의 뚱보 남편은 아내가 멋대로 굴도록 내버려 둬. 그 여자들은 이미 그의 팔에 안겼을지도 몰라. 적어도 그중 한 사람은 안겼을 거야. 아마 아멜리겠지. 하지만 껑다리 루이제도 안겼을 수 있어. 내가 간절히 안기고 싶어 하는 그의 팔에, 그 어리석은 여자들이 벌써 안겼을 거야. 뜨거운 그의 숨결을, 입술을, 애무하는 그의 손을 마음껏 즐겼을 테지. 치가 떨린다. 아직도 튼튼한 치아가, 아직 그다지 상한 데가 없는 내 치아가 그 생각만 하면 갈린다. 여전히 나는 그들보다 몸매가 근사하고, 그가 어루만질 만한 가치가 있지. 나는 얼마든지 다정하게 대해 줄 수 있고, 얼마든지 헌신적으로 그를 사랑해 줄 수 있어. 그런데 물이 흐르는 샘 같은 그 두 여자와 달리, 나는 이미 물이 마른 샘이라 아무도 질투하지 않아. 아아, 질투심 탓에 고통스럽고 탈진되고 치가 떨리네. 예전에 롤바겐의 집에서, 마슈넨 롤바겐과 그의 아내가 열었던 가든파티에서, 모든 것을 놓치지 않는 내 눈은, 초대받아 온 켄과 아멜리가 묘한 시선과 미소를 슬쩍 주고받는 모습을 보았지. 그건 확실히 둘 사이에 비밀이 있다는 표시였어. 그때 나는 가슴을 죄면서 괴로워했는데, 당시엔 그 고통이 무엇을 의미하는지, 그것이 바로 질투임을 알지 못했어. 나한테 질투가 남아 있으리라고는 생각하지 못했지. 하지만 질투가 남아 있었어. 이제는 알겠어, 부정하지 않아. 단지 내 육체의 변화에 전혀 어울리지 않는 이 고통을 탄식할 따름이지. 정신적인 것은 육체적인 것의 반영일 뿐이라고, 안나가 말했지. 육체가 상황에 따라 정신을 만들어 간다고? 안나는 똑똑하지만 아무것도 몰라. 아니야, 아무것도 모르지는 않아. 그 애는 수난을 당했고, 덧없는 사랑을 경험한 끝에 치욕까지 당했으니 아무것도 모르지는 않아. 하지만 감정이 육체의 변화에 따라 조용하고 위엄 있는 노부인의 경지에 이르게 된다고 말한 건 잘못 안 거지. 안나는 기적을 믿지 않기 때문에 느지막하게, 너무 늦긴 했지만 자연이 감정을 다시 화려하게 꽃피울 수 있음을, 지금 내가 행복한 고통 속에서 기쁨을 맛보고 있듯 사랑과 욕망과 질투 속에서 감정이 다시 피어날 수 있음을 모르는 거야. 백발의 사라는 장막 문 뒤에서 자신에 대해 말하는 소리를 듣고 웃었지. 그래서 하느님이 노해서 말하기를, 사라여, 왜 웃느냐, 라고 했어. 나는 웃지 않아. 나는 내 감정과 관능의 기적을 믿고, 자연의 기적을 존중하면서 부끄럽고 고통스러운 내 마음의 봄을 기뻐할 거야. 이토록 늦게 집을 찾아온 사랑 덕분에 나의 부끄러움은 은총으로 변할 거야 …….'

그날 저녁 로잘리는 혼자서 그런 생각을 했다. 끔찍한 불안에 시달리며 새벽에야 간신히 몇 시간 자고 난 뒤에 깨어나서 제일 먼저 머리에 떠올린 것은 열정, 그녀를 엄습하듯 축복해 준 열정, 이제는 거부하거나 도덕적으로 회피할 생각이 추호도 없는 바로 그 열정이었다. 사랑에 빠진 그녀는 자기 감정의 생명이 육체의 생명보다 더 길다는 사실에 감탄했다. 그 감정은 감미로운 고통 속에서 피어난 것이었다. 그녀는 특별히 독실하지 않았고 하느님이나 주님에게 별 관심이 없었다. 그녀의 신앙은 자연을 향한 것, 자연을 경탄하고 떠받드는 것으로, 자연이 자신에게, 그녀에게 이루어 준 일에 대한 것이었다. 그렇다, 감정과 관능이 피어났음이 기쁘기는 했지만 신나는 일은 아니었다. 그 사실을 온 세상에 감추고 침묵하는 것, 가까운 딸에게, 그리고 아무것도 모르고 알아서도 안 되는 그에게, 자기만의 애인에게 숨기는 것 자체가 자연한테 어울리는 일은 아니었다. 그의 젊음을 어떻게 용감하게 바라볼 수 있단 말인가?

그래서 키튼에 대한 그녀의 태도에는 사교적으로 기묘한 굴종과 겸손이 배어 있었다. 자기 감정에 대한 자신감에도 불구하고 로잘리는 그러지 않을 수 없었다. 곁에서 바라보는 안나의 입장에서도 그것은 고통스러운 일로, 처음에 그토록 명랑하고 활기찼던 어머니의 태도보다 더 보기 괴로웠다. 드디어 에두아르트까지 그런 태도를 이상하게 여기게 되었고, 남매가 접시 위에 얼굴을 숙이고 입술을 깨무는 사태까지 벌어졌다. 반면 켄은 영문을 알 수 없는 곤란한 침묵 가운데서 의심쩍은 눈초리로 주위를 둘러보았다. 어느 기회엔가 에두아르트는 누나에게 해결책과 설명을 구하면서 입을 열었다.

"엄마는 무슨 일이야?" 에두아르트가 물었다. "키튼을 이제 안 좋아하시나?" 안나가 아무 말도 하지 않자 그가 입을 삐죽거리며 말했다. "아니면 키튼을 너무 좋아하시는 건가?"

"무슨 소리를 하는 거야." 누나가 나무라듯 말했다. "그런 건 애들이 참견할 일이 아니야. 함부로 넘겨짚지 말고 쓸데없는 참견은 하지 마." 그러면서 엄마도 다른 여자들과 마찬가지로 건강에 어려움을 겪고 있으니 말을 조심하라고 덧붙였다.

"난생처음 듣는 이야기인데, 아무튼 알겠어." 고등학교 졸업반 학생인 그가 비꼬듯 대답했다. "그런데 설명이 너무 애매하잖아. 어머니는 이상하게 아프고, 존경하는 누나도 틀림없이 괴로운 것 같은데, 왜 나는 아무 말도 말아야 해? 이 어리석은 내가 지나치게 친절한 선생님더러 이제는 그만둬 달라고 말해야 하는 것 아닌가? 키튼 선생님한테서 충분히 배웠으니까 이제 다시 '명예퇴직'하는 편이 좋겠다고 말해야 하나?"

"그럼 어디 한번 그렇게 해 봐." 안나가 대답했다. 결국 에두아르트는 그렇게 했다.

"엄마," 그가 말을 꺼냈다. "이제 영어 공부 그만할게요. 엄마한테 부담을 덜 드리고 싶어요. 엄마가 신경 써 주시고 미스터 키튼이 도와준 덕에 기초를 잘 닦았어요. 아무래도 외국어를 배우려면 그 나라 말을 하고 그 나라 생활을 하는 외국에 직접 가지 않고서는 제대로 배울 수가 없어요. 엄마 덕분에 기초를 닦았으니 나중에 영국이나 미국에 가더라도 별 고생 없이 잘할 수 있을 것 같아요. 곧 졸업 시험이 다가오는데, 거기에는 영어가 안 들어가요. 그런데 저는 고전어가 시원치 않으니 그 공부에 집중해야 할 것 같아요. 그래서 영어 수업을 그만두기에 지금이 적당한 것 같은데, 엄마는 어떻게 생각하세요? 키튼 선생님한테 고맙다고 인사하고 이제 공부를 중단하는 것 말이에요."

"저런, 에두아르트," 폰 튀믈러 부인이 얼른 응답하며 급히 입을 열었다. "난 네 말을 듣고 놀랐다. 그리고 네 말에 찬성하지 않아. 가계를 생각해서 지출을 줄이겠다는 의도는 알겠다. 하지만 그것보다 목표가 더 중요한데, 바로 네 장래를 위해서 유익한 일을 생각해야 해. 그리고 우리 형편이 네 영어 과외를 부담 못 할 정도는 아니야, 전에 안나가 미술 대학에 다닐 때하고 마찬가지지. 네가 어째서 영어를 완전히 습득할 수 있는 기회를 중도에서 포기하려는지 나는 이해가 안 돼. 내 말을 오해하지는 말아. 하지만 네가 엄마의 호의를 무시하려고 하다니! 물론 졸업 시험은 중요하지. 네가 고전어를 썩 잘하지 못하고, 열심히 공부하지 않으면 안 된다는 것도 알아. 그런데 에두아르트, 일주일에 두세 번 정도 하는 영어 공부가 설마 크게 신경 쓰이지는 않겠지. 오히려 기분 전환이나 유쾌한 휴식이 되지 않겠니? 그리고 개인적이고 인간적인 면에서 이야기하자면 켄, 즉 키튼 선생은 오래도록 우리 집과 깊은 인연을 맺고 있는데, 이제 와서 간단히 그만두라고 통보할 수는 없단다. 선생님, 이제 그만 나오세요, 라고 할 수 없어. 우리 집안의 친구, 식구라고 할 수 있는데 그렇게 냉대하면 상처받지 않겠니? 우리도 서운할 테고, 특히 안나가 슬퍼할 거야. 만약 선생님이 뒤셀도르프의 역사에 관한 생생한 지식으로 식사 시간 동안 우리를 즐겁게 해 주지 않으면, 그리고 율리히 클레베 승계 전쟁[19]에 관해서, 광장에 동상으로 서 있는 선제후 얀 벨렘의 이야기를 해 주지 않는다면 말이다. 너도 선생님이 보고 싶을 거고, 나도 그럴 거야. 한마디로 에두아르트, 네 제안은 좋은 뜻에서 나왔겠지만 그렇게까지 할 필요 없고, 할 수도 없어. 그러니까 그냥 공부를 계속하는 편이 좋겠다."

"그럼 그렇게 해요, 엄마." 에두아르트는 이렇게 대답한 뒤, 누나에게 가서 실패한 경위를 설명했다. 그러자 안나가 말했다.

"그래, 그럴 줄 알았어. 엄마가 상황을 근본적으로 잘 판단하신 거야. 네가 나한테 의논했을 때도 사실 엄마랑 비슷한 생각을 했어. 키튼 씨가 반가운 손님이라는 것, 그리고 그가 더 이상 오지 않으면 우리 모두가 섭섭하리라는 엄마의 말이 맞아. 그러니까 그냥 공부를 계속하는 게 좋겠어."

에두아르트는 그렇게 말하는 누나의 얼굴을 잠시 똑바로 쳐다보았다. 그럼에도 표정이 달라지지 않자 어깨를 들썩이고 나가 버렸다. 에두아르트의 방에서 그를 기다리던 켄은 수업을 시작했다. 함께 에머슨[20]과 매콜리[21]를 몇 페이지 정도 읽고 미국 추리 소설 한 편을 읽은 뒤 그다음 삼십 분은 그 소설의 소재에 관해서 이야기하다가, 몇 달 전부터 해 오던 대로

---

19  율리히 클레베 베르크(Jülich Kleve Berg) 공작령을 두고 신성 로마 제국, 작센, 프랑스, 오스트리아가 갈등을 빚은 전쟁(1609~1644)이다. 이후 삼십 년 전쟁으로 이어진다.

20  랠프 월도 에머슨(Ralph Waldo Emerson, 1803~1882). 미국의 시인.

21  토머스 배빙턴 매콜리(Thomas Babington Macaulay, 1800~1859). 영국의 시인.

저녁 식사 때까지 함께 기다렸다. 수업을 마치고 켄이 남아 있는 모습은 이제 하나의 일과였다. 로잘리는 그녀에게 어울리지 않는 심각한 수치심으로 혼탁하지만 행복한 평일을 맞이하여, 가정부 바베테와 함께 메뉴를 의논해서 고급 음식을 마련하고, 펠처나 뤼데스하이머 같은 좋은 포도주까지 준비했다. 식사를 마친 뒤 거실에서 한 시간쯤 대화를 나누며 함께 마시기 위해서였다. 로잘리는 술을 마시면 평소보다 말이 많아졌는데, 그 취기는 그녀를 철없이 사랑에 빠지게 한 청년의 얼굴을 용기 내서 바라보게 해 주었다. 종종 포도주는 로잘리를 피곤하게 하고 절망에 빠지게 했다. 그럴 때면 그대로 앉은 채로 그가 보는 앞에서 고통받아야 좋을지, 아니면 방으로 돌아가서 고독하게 그를 그리워하며 울어야 할지 망설이곤 했다. 결국 어느 한쪽으로 기울어졌다.

10월에 이르러 사교 시즌이 되자 로잘리는 켄을 집 밖에서, 펨펠포르터가에 있는 핑스텐의 집, 뤼첸키르헨의 집, 기술직 간부인 롤바겐 씨 댁의 제법 규모 있는 모임에서 보게 되었다. 로잘리는 키튼이 왔는지 살핀 다음, 일부러 그가 있는 그룹을 피해서 다른 사람들과 어울리며 입을 기계적으로 움직였다. 그렇게 키튼이 자기 쪽으로 찾아와서 특별히 관심을 표해 주기를 기다렸다. 항상 키튼이 있는 곳을 의식하고 여러 사람들과의 대화 속에서 그의 목소리를 구별해 냈으며, 특히 그와 루이스 핑스텐, 또는 아멜리 뤼첸키르헨 사이에서 어떤 비밀스러운 친밀함의 징조라도 보이면 무척 괴로워했다. 키튼은 건장하고 사고방식이 완전히 자유롭고 친절하고 편하다는 것 말고는 별 특징이 없었지만 사람들의 사랑을 받고 모임에서 환대받았다. 특히 외국인에게 약한 독일인의 약점에다, 천진난만한 그의 독일어 표현 때문에 더욱 호감을 샀다. 사람들은 그와 영어로 이야기하기를 좋아했다. 또 그는 옷을 멋대로 입었다. 야회복도 없었고, 물론 수년 전부터 사교 예법이 문란해졌으므로 극장에서나 이브닝 파티에서조차 턱시도를 입어야 하는 것이 더 이상 엄격한 규칙은 아니었지만, 그는 대부분의 남자들이 턱시도를 입을 때에도 늘 평상복 차림이었다. 그의 편한 옷, 벨트를 한 밤색 바지, 갈색 구두와 회색 울 재킷은 환영을 받았다.

그는 거리낌 없이 살롱을 오갔다. 여자들한테 편하게 굴면서 영어로 이야기를 나누었고, 친하게 지내고 싶은 여자들 앞에서는 모국의 풍속에 따라, 괜스레 식사 때 고기를 잘게 썬 다음 나이프를 접시 가장자리에 비스듬히 올려놓은 뒤에 왼손은 내려놓고 오른손에 포크를 쥔 채로 썰어 놓은 고기를 집어 들었다. 자기 나라의 습관을 그대로 고집했는데, 옆의 여자들이나 건너편의 남자들이 굉장히 흥미로운 눈길로 자신의 식사 모습을 쳐다보고 있음을 알았다.

그는 로잘리와 대화하기를 좋아했다. 다른 사람들한테서 떨어져 나온 뒤 단둘이 이야기하기도 했는데, 그것은 로잘리가 월급을 주는 '고용주'여서만은 아니었다. 진심으로 그녀에게 마음이 끌렸기 때문이었다. 딸의 냉정한 지성과 이지적 주장은 그에게 두려움을 주었지만, 로잘리의 따뜻한 여성스러움은 마음에 들었다. 그는 로잘리의 감정을 제대로 해석하지 못했고(그런 노력을 하려고 하지도 않았다.), 그저 그녀의 온화함을 기분 좋게 받아들였다. 그 안에 담긴 긴장, 괴로움, 혼란 같은 것을 유럽인 특유의 예민함 정도로만 이해하고서 높게 평가했다. 그런데 고통이 심하면 심할수록 로잘리의 외모는 새롭게 피어나고 눈에 띄게 젊어져서 주위 사람들이 찬탄할 정도였다. 그녀의 용모가 항상 젊게 보였음은 사실이지만, 특히 사람들의 시선을 사로잡는 아름다운 갈색 눈이 더욱더 빛을 발했기 때문이었다. 자세히 보면 무언가에 들뜬 듯 열기가 감돌았는데, 그것이 그녀의 아름다움을 훨씬 부각시켰다. 가끔씩 창백해지는 안색도 금방 다시 좋아졌고, 이야기할 때 얼굴 표정도 훨씬 풍부하고 뚜렷해졌다. 그녀의 이야기는 온통 재미있는 것뿐이었고, 찌푸려지던 표정도 웃음으로 교정되었다. 모두가 포도주나 볼레[22]를 용감하게 마신 탓에, 모임에서는 사람들이 큰 소리로 자주 웃었다. 로잘리의 태도에서 특이한 점은 놀라울 정도로 긴장을 풀지 않는다는 것이었다. 켄이 곁에 있는데 어떤 여자가 "어머, 놀랐네요. 오늘 무슨 일로 그렇게 아름다우세요? 이십 대처럼 보여요. 무슨 젊음의 샘이라도 발견하신 것 아니에요?"라고 말하면 그녀는 너무나 행복했다. 거기에다 켄이 영어로 맞장구까지 쳐 주었다. "정말 그렇습니다. 폰 튀믈러 부인은 오늘 저녁에 정말 빛나십니다." 그러면 로잘리는 웃었고, 웃으면서 얼굴이 붉어졌다. 얼굴이 붉어지는 까닭은 칭찬을 들어서 기뻤기 때문이었다. 그녀는 켄에게서 시선을 돌렸지만 씩씩한 그의 양팔을 떠올렸고, 또다시 내면에서 말할 수 없이 달콤한 무언가가 흘러넘침을 느꼈다. 요즘 들어와서 그런 일이 빈번하게 일어났다. 그리고 남들이 그녀에게 젊다고, 매력적이라고 말할 때마다 로잘리가 그런 상태에 빠지는 모습이 눈에 띄었다.

22  포도주에 과일, 향신료, 샴페인, 얼음 등을 섞은 찬 음료.

    로잘리가 마음속에 간직하려던 것을 마침내 깨뜨린 때는 어느 날 저녁, 모임을 마친 뒤였다. 그녀는 마음속 비밀, 있을 수 없는 데다 고통스러운 일이지만 매혹적인 마음의 기적을 가슴 깊은 곳에 간직한 채 딸이든 친구에게든 말하지 않겠다고 다짐했다. 그런데 거부할 수 없는 고백의 충동이 일어나서 스스로에게 했던 약속을 깨고 현명한 안나에게 모든 것을 털어놓았다. 딸에게서 이해심 깊은 연민을 기대하며, 자연이 그녀에게 벌인 일이 기이하지만 인간적인 사건으로, 이성적이고 명예롭게 받아들여지기를 바랐기 때문이었다.

    두 여자는 한밤중에 눈이 내려서 습기 찬 합승 마차를 타고 집으로 돌아왔다. 로잘리는 추위에 떨었다. 그녀가 말했다. "얘야, 한 삼십 분 동안 네 따스한 침실에 있다 갔으면 좋겠다. 추워서 몸이 떨리는데, 또 머리는 뜨거워서 쉽게 잠들 것 같지가 않아. 입가심으로 차를 한 잔씩 마셔 볼까. 롤바겐네 볼레는 별로야. 집에서 담근다는데 제대로 만들지 못한 것 같아. 모젤 포도주에다 수상한 오렌지 껍질을 넣고 거기에다 독일산 발포주를 섞는다더라. 우리 모두 내일이면 머리가 아프고 토할지도 몰라. 그래도 너는 멀쩡하겠지. 너는 신중해서 많이 마시는 법이 없으니까. 그런데 나는 이야기에 열중한 나머지 누군가가 계속 술을 따라 주는데도 그걸 첫 잔으로 착각한단다. 자, 차 한 잔 끓이자, 그게 좋겠어. 차는 활기를 돋우지만 마음을 가라앉혀 주기도 해서 적당한 때에 마시면 감기도 막아 주지. 롤바겐 씨 집은 너무 더웠어. 나한테는 너무 더운 것 같았어. 그런데 밖에선 웬 진눈깨비가 날리더라? 그래도 결국 봄은 올 거야. 오늘 낮에 호프가르텐을 걸어 보았더니 벌써 봄 냄새가 나더라. 하지만 난 동지가 지나서 낮이 조금만 길어

져도 늘 그렇게 느끼지. 전기스토브를 켜길 잘했다. 난방이 다 식어 가니 말이다. 얘야, 이제 아늑한 기분으로 우리 단둘이 마주 앉아서 이야기를 주고받을 수 있겠어. 안나야, 너한테 하고 싶은 이야기가 있단다. 얘야, 지금까지 없던 일인데, 세상에 말이다, 입 밖에 내려면 특별히 친밀한 분위기가 필요한 일이 있지. 입을 열기에 적당한 시간이 필요한 그런 일이……."

"무슨 일인데요, 엄마, 크림이 없는데 레몬즙을 한두 방울 넣을까요?"

"얘야, 이건 있잖니, 말하자면 가슴속의 일인데, 놀랍고 수수께끼 같고 전능하고, 때로 우리에게 아주 이상하고 모순적이고 심지어 이해할 수 없는, 자연의 일이란다. 너도 알 거야, 안나, 요즘 나는 몇 번이고 너의 옛날 일이, 그 얘기를 꺼내서 미안한데, 브뤼너와의 일이 생각나는구나. 지금하고 상당히 비슷한 시간에 네가 고백했던 그 괴로움 말이다. 그때 너는 자신에게 화를 내면서 심지어 그 갈망을 치욕이라고 불렀지. 너의 이성과 판단이 너의 심장, 네 말대로 하자면 너의 관능과 대립하게 되었음을 수치스러워했어."

"관능이라는 표현이 맞아요, 엄마. 심장이라는 말은 감상적인 속임수에 불과해요. 전혀 다른 것이니까, 그걸 심장이라고 부르면 안 돼요. 우리의 심장은 이성이나 판단과 일치할 때만 진실하게 말해요."

"너는 그렇게 말하겠지. 너는 항상 통합을 중시하고, 자연이 마음과 육체 사이에서 스스로 화합을 이룬다고 하니까. 하지만 당시 네가 부조화 상태였음을, 즉 희망과 판단 사이에서 조화롭지 못했음을 부인할 수는 없을 거야. 당시엔 네가 너무 어렸기 때문에 너의 갈망을 자연 앞에서 부끄러워할 필요가 없었지. 그 갈망을 굴욕적이라고 부르는 너의 이성 앞에서는 부끄러울 수야 있겠지만 말이다. 그 앞에서 버틸 수 없었던 것, 그것이 너의 수치이자 고통이었어. 왜냐하면 안나야, 넌 자존심이 강해, 아주 강하지. 물론 감정에 대한 자존심도 있을 수 있는데, 감정의 자존심, 그것은 어떤 것 앞에서든, 판단이나 이성이나 심지어 자연 앞에서조차 책임감을 갖지 않는단다. 그런데 너는 그것을 인정하려 하지 않아. 그게 바로 우리 두 사람의 차이야. 왜냐하면 나한테는 심장이 무엇보다도 중요해. 만약 자연이 심장에 적합하지 않고, 심장과 모순되는 감정을 불어넣어 준다면 — 물론 고통스럽고 수치스럽겠지만, 그것 역시 다만 체면 때문에 그렇다고 느낄 뿐이겠지. — 차라리 나는 달콤한 경이, 근본적으로는 자연에 대한 존경, 노년에 다시 한 번 피어난 생명력한테 경외심을 느낄 거야."

"엄마." 안나가 대답했다. "엄마가 나의 자존심과 이성에 보내 준 경의를 되돌려 드릴게요. 만일 그때 자비로운 운명이 간섭하지 않았더라면, 나는 당시에 엄마가 시적으로 심장이라 표현한 그것에 비참하게 굴복했을 거예요. 내 심장이 나를 어디로 끌고 갔을지 생각해 보면 그대로 끌려가지 않았음에 정말 감사해요. 나는 남한테 결코 돌을 던질 수 있는 처지가 아니에요. 여하튼 지금 문제가 되는 것은 내가 아니고 엄마예요. 나한테 무슨 비밀을 말하시든 영광이라 여기며 듣겠어요. 엄마는 이제 무슨 비밀을 털어놓으려는 거죠? 그렇지 않나요? 여태까지의 이야기를 들어 보면 엄마는 그 비밀을 일반적인 사건인 양 얼버무리고 있는 것 같아요. 말씀하신 이야기가 엄마와 무슨 상관이 있는지 제가 잘 이해할 수 있도록 설명해 주세요."

"안나야, 만일 이제 나이도 지긋한 네 엄마가 다 시든 채로, 능력 있고 성숙한 여자들한테나 어울릴 법한 열렬한 감정에 사로잡혔다면 어떻겠니?"

"무엇 때문에 가정법을 쓰죠? 엄마, 혹시 엄마 이야기가 아니에요? 엄마가 사랑에 빠진 거죠?

"그래, 네 말이 맞아. 너는 그런 말을 자유롭고 용감하고 솔직하게 입 밖에 내지만 나는 쉽사리 꺼낼 수가 없어. 그래서 오래도록 숨겨 왔어. 부끄러운 행복과 고통을 함께 지니고 말이야. 이 세상 누구한테도 말하지 않고, 심지어 너에게조차 아무 말 안 했지. 엄마를 점잖은 부인이라고 단단히 믿고 있는 네가 놀라서 기절할 것 같았으니까. 맞아, 나는 사랑에 빠졌어. 뜨겁고 열렬하고 행복하면서 슬픔에 찬 사랑이야. 지난날 네가 했던 사랑과 같아. 이성 앞에서 내 감정은 보잘것없겠지, 과거 너의 감정처럼 말이다. 놀랍게도 자연이 나에게 부여한 정신적 봄이 자랑스러우면서도, 과거에 네가 괴로워했듯이 나 역시 많이 괴롭구나. 그래서 어쩔 수 없이 너한테 모든 걸 다 털어놓는 거야."

"엄마, 차근차근 말해 보세요. 고백하기 어렵겠지만 물어볼게요. 상대가 누군데요?"

"얘야, 들으면 깜짝 놀랄 거다. 우리 집의 젊은 손님이야. 네 동생의 가정 교사란다."

"퀸 키튼요?"

"그래."

"아, 그 사람이군요. 엄마, 사람들 대부분이 '그럴 수 없어.'라고 소리치겠지만 저는 그러지 않을 테니 걱정하지 마세요. 스스로 그 상황에 들어가 볼 수 없는 타인의 감정에 대해서 무작정 부정하고 비난하는 것은 경솔하고 어리석은 짓이에요. 엄마에게 상처를 드릴까 봐 걱정스러운데, 제가 끼어들어서 이런 질문하는 걸 용서해 주세요. 엄마는 나이에 합당치 않은 감정을 갖게 되었다고 말하면서 정작 합당치 않은 감정을 왜 외면하려고 하죠? 엄마는 그 젊은이가 엄마의 감정에 합당한 인물인지 자문해 본 적이 있나요?"

"그가 합당한 사람이냐고? 네 말이 이해가 안 된다. 안나야, 나는 사랑을 하고 있어. 켄은 내가 본 젊은이 중에서 제일 훌륭한 사람이야."

"그래서 그를 사랑한다는 말이죠. 원인하고 결과를 한번 바꿔 보면 더 정확하지 않을까요? 엄마가 켄 키튼을, 그 젊은이를 사랑하기 때문에 그가 훌륭해 보이는 것 아닌가요?"

"애야, 너는 떼어 놓을 수 없는 것을 떼어 놓는구나. 여기 내 마음속에서 나의 사랑과 그의 훌륭함은 하나야."

"하지만 엄마, 엄마가 고통받고 계시니까 도와 드리고 싶어요. 엄마, 잠깐만, 아니 단 한순간만이라도 그를 신성한 사랑의 빛으로 승화해서 친절하고 매력적인 청년 — 물론 그가 그렇다는 점은 인정하지만 — 으로만 보지 마시고, 대낮의 햇살 가운데서, 현실 속에서 바라보세요. 그는 매력적인 청년이긴 해도 열정을 품거나 고뇌할 만한 대상은 아니에요."

"네 마음은 나도 알겠다. 그리고 네가 나를 도와주려는 것 역시 정말 고맙다. 하지만 그를 희생시키면서까지, 그를 깎아 내리면서까지 그러고 싶지는 않아. 너는 그를 '대낮의 햇살' 가운데서 보라고 하는데, 그건 잘못된, 완전히 잘못된 생각이야. 너는 그가 친절하고 매력적이라고 하면서, 평범하기에 특별한 점은 하나도 없다고 하지. 하지만 그는 정말 특별한 사람이란다, 그의 삶이 우리를 감동시키지 않니. 보잘것없는 그의 집안을 생각해 봐라. 그는 강철 같은 의지로 일하면서 대학 공부를 했고, 또 역사하고 체육 분야에서 동료들을 앞섰어. 그리고 바로 군대에 지원해 군인으로서 뛰어난 공을 세우다가 나중에 명예 제대를……."

"죄송하지만 그건 불명예스러운 일만 저지르지 않으면 누구나 하는 거예요."

"누구나 한다고? 너는 그가 평범한 사람이라고 우기는구나. 그래서 그를 직접적으로는 아니어도 에둘러서 단순한 철부지라며 나를 설득하려고 하지. 하지만 그 단순함이야말로 고상한 것, 승리를 불러오는 자질이라는 사실을 너는 잊고 있어. 그리고 그가 가진 단순함이 광활한 그의 고향, 즉 미국의 위대한 민주 정신의 배경이라는 점도……."

"그는 자기 나라를 조금도 좋아하지 않아요."

"글쎄, 그렇기 때문에 진정한 미국인이라는 거야. 그리고 그가 유럽을 역사적 전통과 오랜 풍습 때문에 사랑하는 것은, 말하자면 그의 훌륭한 안목 덕분이지. 그러니까 그가 많은 사람들 사이에서 뛰어나다는 점을 증명해 주지. 그는 조국을 위해서 피를 바쳤고, 네 말대로 모두 다 한다는 명예 제대를 해냈어. 무공 훈장을 누구나 받을 수 있니? 그 퍼플하트[23]라는 무공 훈장은 영웅적 용기를 가지고 적의 진지 속으로 들어가서 부상을 입었을 때, 대개는 심한 부상을 입었을 때 그 용맹함을 기리기 위해 수여되는 훈장이란다. 내 말이 틀렸니?"

"아휴, 엄마. 전쟁에서는 무슨 변을 당하는 사람도, 무사

---

23  1차 세계 대전에 참전한 부상병이나 전사자 들에게 미국 정부가 수여한 훈장.

한 사람도, 목숨을 잃는 사람도, 살아남는 사람도 있지만, 그건 개인의 용맹함과 그다지 상관없어요. 다리 한쪽을 절단하거나 신장에 총을 맞으면 그 사람의 불운을 위로하거나 작게나마 보상하려고 훈장을 주는 것이지, 대체로 그것이 특별한 용맹함을 보증해 주지는 않아요."

"어쨌든 그는 조국의 제단에 한쪽 신장을 바쳤어."

"그래요, 운이 나빴던 거예요. 다행히도 한쪽 신장으로 간신히 살아가게 됐지만요. 그것은 다만 결함이고 장애예요. 그가 그런 장애를 가지고 있음을 생각하면 그 젊음의 훌륭함조차 어느 정도 손상되지요. 그래서 대낮의 햇살 가운데서 그를 보면 그가 완전하지는, 말하자면 정상적인 신체를 가지고 있긴 해도 완벽하지는 않다는 거예요. 상이군인이고, 결함이 있죠."

"맙소사, 켄이 완전하지도, 완벽하지도 않다고? 얘야, 그는 엄청나게 완벽해서 신장 하나쯤은 없어도 상관없어. 내 속마음만 그런 게 아니라 모든 사람들, 모든 여자들의 마음이 그래. 여자들은 모두 그의 꽁무니를 따라다니고 그것을 즐기지. 얘야, 착하고 똑똑한 안나야, 왜 내가 너한테 이런 이야기를 시작했는지 모르겠니? 그건 너한테 현실을 물어보고 솔직한 의견을 듣고 싶어서야. 네가 보기에, 켄 키튼이 루이스 핑스텐과 관계를 갖는 것 같니? 아멜리 뤼첸키르헨하고는? 아니면 그토록 완벽한 육체를 가지고 있으니 그 두 여자하고 다 관계를 갖고 있지는 않을까? 바로 이것이 괴로운 와중에도 내가 너한테 묻고, 확인하고 싶은 점이야. 너는 냉정해서, 말하자면 대낮의 햇살에 비춰서 상황을 볼 줄 아는 사람이니까, 그에 대해서 솔직한 의견을 듣고 싶어……."

"불쌍한 엄마, 엄마가 너무나 고통당하고 있어서 정말이지 마음이 아파요. 아니에요, 그럴 리 없다고 생각해요. 나는 그 사람의 생활 방식을 잘 알지 못하고 연구해 볼 생각조차 없지만, 그가 핑스텐 부인이나 뤼첸키르헨 부인하고 엄마가 걱정하는 그런 관계를 맺으리라고는 생각하지 않아요. 그런 소문을 들어 본 적도 없고요. 그러니까 엄마, 제발 걱정하지 마세요."

"얘야, 네가 단지 나를 위로하려고, 내 고통을 달래 주려는 동정심으로 그렇게 말하는 게 아니길 바란다. 내가 너한테 동정을 바라는지도 모르겠다만, 그건 조금도 중요하지 않아. 내가 겉으로는 동정을 바라는 듯 보일지 몰라도 사실 그런 고통이나 수치심마저 나의 행복이고, 내심 이 '고통의 봄'을 자랑스럽게 생각하고 있단다."

"엄마가 동정을 구하시는 것 같지는 않아요. 하지만 이런 경우에 행복과 자긍심은 고통하고 아주 가까워서 고통과 하나이고 동일하게 여겨져요. 그러니까 엄마가 동정을 원하지 않더라도 엄마를 사랑하는 우리로서는 동정할 수밖에 없고, 엄마가 스스로를 동정해서 그런 터무니없는 환각에서 벗어나셨으면 해요. 죄송해요, 틀림없이 제 표현이 부적절하겠지만 표현이 무슨 상관인가요. 나는 엄마가 걱정스러운데, 이 걱정은 엄마의 고백을 듣고서 오늘에야 시작된 게 아니에요. 엄마가 고백해 주셔서 무척 고마워요. 그럼에도 엄마가 마음속 깊이 비밀을 간직하고 계시다는 것, 엄마가 지난 몇 개월 동안 아주 이상하고 별난 상태에 빠져 있다는 것, 그런 모습이 엄마를 사랑하는 우리한테 안 보일 리 없었고, 그래서 우리는 복잡한 심경으로 엄마를 주시했어요."

"'우리'라는 건 누구를 말하는 거야?"

"그러니까 저를 말하는 거예요. 엄마, 최근에 엄마는 눈에 띄게 달라졌어요. 아니, 달라졌다는 말은 옳은 표현이 아니에요. 엄마 자체는 예전과 똑같지만, 제가 변했다고 말하는 부분은, 엄마의 외모가 젊어졌다는 뜻이에요. 하지만 이 표현 역시 꼭 들어맞지는 않아요. 왜냐하면 엄마의 상냥한 모습이 실제로, 증명할 수 있게끔 젊어지지는 않았기 때문이에요. 하지만 때때로 한순간, 마치 환각처럼 엄마의 점잖은 모습이 돌연 이십 년 전, 내가 소녀였을 때 엄마의 모습으로 보여요. 아니, 그뿐 아니라 내가 한 번도 보지 못한 엄마의 모습, 아가씨 시절의 엄마의 모습마저 있어요. 그저 환각일 수도 있지만 거기에는 무언가 진실이 있는 것 같고, 그건 저한테 기쁜 일, 가슴을 두근거리며 좋아할 만한 일이죠, 안 그래요? 그런데 실상 그렇지가 않고 제 마음은 오히려 무거워요. 내 눈에 엄마의 모습이 젊게 보일 때면 나는 격한 동정심을 품게 돼요. 왜냐하면 그럴 때마다 나는 엄마가 항상 괴로워한다는 것, 그리고 그 환상이 엄마의 고통과 관계있을 뿐만 아니라 엄마가 말하는 '고통의 봄'과도 관계되어 있음을 알기 때문이에요. 엄마, 도대체 엄마는 어떻게 그런 표현을 생각해 내신 거죠? 그건 엄마한테 어울리지 않는 표현이에요. 엄마는 평범한 성격에, 무척 사랑스러운 분이에요. 엄마의 눈은 책이 아니라, 선하고 명료하게 자연과 삶을 향하고 있어요. 시인이나 쓰는 그런 슬프고 불건전한 말을 엄마는 지금껏 언급한 적이 없는데, 요즘 그런 말을 사용하시는 걸 보면……."

"안나야, 무슨 말을 하는 거니? 시인이 그런 말을 쓰는 까닭은 그 말이 필요하고, 그것이 그들의 감정이나 체험을 끌어내 주기 때문인데, 너는 아니라고 하겠지만, 그런 말은 나에게도 필요해. 네 말은 맞지 않아. 필요하면 누구나 사용할 수 있는, 마음속에서 우러나는 그런 표현을 부끄러워하지 않아도 돼. 네가 말하는 환각이나 망상을 굳이 설명해 보자면, 바로 그의 젊음이 만들어 낸 것들이지. 그건 내 영혼이 그의 젊음과 어울리려고 노력하는 거야. 젊음 앞에서 부끄러움과 수치로 파멸하지 않기 위해서."

안나는 결국 울었고, 두 사람은 포옹한 채 함께 눈물을 흘렸다.

"그건 말이에요," 딸은 자신의 장애마저 잊은 채 열심히 이야기를 이어 갔다. "엄마, 지금 하시는 그 말도 엄마가 필요하다고 하는 그 낯선 표현과 비슷해요. 그런 말 역시 엄마의 입에서 나오면 도리어 무언가를 파멸시킬 것 같아요. 그처럼 좋지 않은 변화는 엄마를 파멸시킬 거예요. 그 같은 파국이 제 눈에 뻔히 보이고 엄마의 말 속에서 들려와요. 우리는 그걸 막아야 하고, 어떤 대가를 치르더라도 엄마를 구해야 해요. 엄마, 사람은 눈에서 멀어지면 잊게 돼요. 딱 한 번, 자신을 구해 낼 결심만 하시면 돼요. 그 젊은이를 이제 멀리하세요. 우리가 거절하는 거예요. 아, 그것만으로는 충분하지 않아요. 엄마가 어디 다른 곳, 다른 모임에서 그를 마주칠 수도 있으니까요. 그러니까 그가 이 도시를 떠나게끔 해야 해요. 내가 그렇게 하도록 부탁해 볼게요. 내가 그에게 여기에서 오래 지냈으니 슬슬 떠나는 게 좋겠다, 뒤셀도르프에도 한참 있었는데 여기 계속 머물 필요는 없다고 점잖게 말할게요. 뒤셀도르프가 독일의 전부는 아니고, 당신은 독일을 더 많이, 더 넓게 알아야 한다고, 뮌헨, 함부르크, 베를린도 모두 가 보라고, 여기저기 다니면서 조금씩 살아 본 뒤에 유럽에서 상이군인인 채로 영어

강사나 할 게 아니라 고향으로 돌아가서 제대로 직업을 구하는 편이 당신에게도 좋으리라고 말해 볼게요. 그를 설득할 수 있을 것 같아요. 그런데도 그가 말을 듣지 않고 인연이 있는 뒤셀도르프에 계속 있겠다고 하면 엄마, 그때는 우리가 떠나요. 우리가 이 집을 정리하고 쾰른이나 프랑크푸르트나 멀리, 아름다운 타우누스 지역으로 이사해요. 엄마를 괴롭히고 파멸시킬지 모르는 이곳을 떠나면, 그를 멀리하면 엄마는 곧 잊게 될 거예요. 보지만 않아도 틀림없이 도움이 돼요. 왜냐하면 이 세상에서 잊을 수 없는 건 없으니까요. 잊다니, 그건 떳떳하지 못한 일이라고 엄마는 생각하겠지만, 그게 세상의 이치이니까 믿으세요. 타우누스에서 엄마가 좋아하는 자연을 마음껏 즐기다 보면, 다시 옛날의 다정한 우리 엄마로 돌아올 거예요."

안나의 이런 간절한 호소조차 소용없었다.

"안나야, 그만해라. 더 이상 네 얘기를 들어 줄 수가 없구나. 네가 나하고 같이 울고 염려해 주는 건 고맙지만 그런 이야기, 네 제안은 끔찍하다. 그 사람을 쫓아 버리라고? 우리가 떠나자고? 네 염려는 어떻게 그런 결론으로 이어지니? 너는 사랑스러운 자연이니 뭐니 얘기하지만, 그저 터무니없는 발상으로 자연의 뺨을 때리는 거야. 너는 나더러 자연의 뺨을 때리라고, 자연이 내 영혼에 기적적으로 베풀어 준 '고통의 봄'을 목 졸라 죽이라고 말하는 거야. 그게 얼마나 자연에 대한 죄악이고 배신이고, 선하고 전능한 자연에 대한 신념을 부인하는 일인데, 그럴 수는 없다! 너도 알 거야, 사라가 어떤 죄를 범했는지. 사라는 문 뒤에 숨어서 몰래 웃으며 '내가 이렇게 늙었는데 아직도 욕정에 사로잡힌다고? 그리고 내 남편도 얼마나 늙었는데.'라고 말했지. 하지만 신께서, 주님께서 타이르시길 '사라여, 어찌 웃느냐?'라고 하셨지. 내 생각에 사라는 자신의 시든 나이보다, 남편 아브라함이 아흔아홉 살이나 되는 늙은이라서 웃은 것 같아. 물론 남자들의 애정 생활은 여자들만큼 한계가 뚜렷하지 않지만, 아흔아홉 살 먹은 남자가 욕정에 사로잡힌다고 생각하면 어떤 여자라도 웃음을 터뜨릴 테지! 그런데 나의 남자는 젊어. 싱싱하게 젊어서 그런 상상이 얼마나 더 수월하고 매력적인지 몰라. 얘, 안나야, 내 핏속에는 욕정이, 남부끄럽고 슬픔 가득한 욕정이 흐르고 있어, 그리고 갈망도. 그러니 그것을 포기하고 타우누스로 도망갈 수는 없단다. 네가 아무리 켄을 설득해서 떠나게 하더라도, 그래, 만약 그런다면 나는 너를 죽도록 원망할 거야."

엄마의 거리낌 없고 성마른 얘기를 듣자 안나는 더욱 괴로웠다.

"엄마," 안나가 나지막이 말했다. "엄마는 굉장히 흥분하셨어요. 지금 필요한 건 휴식과 잠이에요. 발드리안[24] 진정제를 스무 방울, 아니 스물다섯 방울 정도 물에 타서 드세요. 가벼운 약이지만 때로는 아주 잘 들어요. 엄마가 원하지 않는 일을 굳이 하지는 않을 테니 걱정하지 마세요. 마음을 놓으시면 좀 진정이 될 거예요. 그게 제일 중요해요. 엄마가 사랑하는 키튼에 대해 좋지 않게 말한 이유는 그저 엄마의 마음을 진정시키기 위해서였어요. 그가 엄마를 이토록 괴롭히고 있음은 굉장히 화나는 일이지만 말이에요. 하여간 나를 믿고 모든 걸 얘기해 주셔서 고마워요. 엄마도 마음을 열고 다 털어놓으셨

---

24 수면 보조제나 신경 안정제로 쓰이는 약재.

으니 속이 시원하시리라 생각해요. 이렇게 이야기하는 것이 곧 치유, 다시 말해서 엄마가 안정을 되찾는 전제 조건이죠. 사랑스럽고 즐겁고, 우리 모두에게 소중한 마음을 다시 찾으실 거예요. 고통 속에서 사랑하고 계신데, 세월이 흐르면 고통 없이, 이성적으로 사랑할 수 있으리라고 생각하지 않으세요? 사랑은……." 안나는 조심스럽게 어머니를 침실로 안내한 뒤 발드리안 진정제를 잔에 따랐다. "사랑이란 여러 가지 이름을 가지지만 결국 하나예요. 말하자면 아들에 대한 엄마의 사랑, 나는 물론 엄마가 에두아르트를 별로 좋아하지 않는다는 걸 알아요. 그럼에도 그 사랑 역시 매우 절실하고 열정적인 사랑임을 부정할 수 없지요. 가령 그 사랑이란 살가운 것으로, 딸에 대한 사랑과는 확연히 구별되지만 어쨌든 한순간도 모성애의 한계를 벗어나진 않아요. 이렇게 하면 어떨까요. 켄을 엄마의 아들로 여기며, 그에게 품은 애정을 모성으로써 떼어 내는 것, 애정을 모성으로 바꾸는 것 말이에요."

로잘리는 눈물을 흘리며 미소를 보냈다.

"육체하고 정신이 아주 잘 어울리도록 말이냐?" 그녀가 서글프게 조롱했다. "얘야, 너의 현명함을 받아들여서 모성을 이용하고, 심지어 악용하라는 거니? 아무리 그렇게 하려고 해도 나는 안 돼. 모성, 그건 말하자면 타우누스로 도망치는 방법과 비슷한 것 아니겠니. 내가 아주 확실하게 말하지 않았니? 난 정말 지쳤어, 그건 네 말이 맞아. 고맙다, 이런 얘기를 참아 주고 신경 써 줘서. 그리고 내가 좋아한다는 이유로 켄을 존중해 주니 고맙다. 그런데 네가 그를 쫓아 버리면 난 너를 미워할 거야, 그러니 그를 미워하지 마라. 그 사람은 내 마음에 기적을 일으키기 위한 자연의 도구일 뿐이야."

안나는 방을 나왔다. 일주일이 지나는 동안, 켄 키튼은 뷔 플러 집에서 두 차례 저녁을 같이 먹었다. 첫 번째 식사는 뒤스부르크에서 온 나이 지긋한 친척 부부와 함께였는데, 부인 쪽이 로잘리의 사촌이었다. 멀리 지내던 사람일수록 오히려 어떤 관계나 감정의 긴장 상태를 더 명확하게 알아차리므로 안나는 손님을 한결 예리하게 관찰했다. 사촌은 몇 번씩 키튼과 로잘리 사이를 이상한 듯 이리저리 쳐다보았고, 남편의 코 밑수염으로는 한 차례 미소가 지나갔다. 그날 저녁 안나는 로잘리를 대하는 켄의 태도가 변했음을 보았다. 켄은 로잘리가 굉장히 애쓰면서 그에게 무관심한 척하는 태도를 견디지 못하고 장난스럽게 반응을 바꾸거나 색다르게 굴면서 그녀의 관심을 자기한테 돌리고자 했다. 두 번째 모임 때는 다른 손님이 없었다. 이번에는 뷔플러 부인이 교묘한 연극을 생각해 냈다. 딸과의 지난 대화에서 힌트를 얻은 연극이었는데, 바로 안나를 비꼬는 것이었다. 그럼으로써 부인은 안나의 충고를 비웃고, 유리한 위치를 차지하려고 했다. 사건은 켄이 전날 밤 두세 명의 친한 친구들, 즉 일레븐클럽의 회원 한 명, 사업가의 아들 두 명과 함께 아침까지 알트비어[25]를 마셔 대고 잔뜩 취한 채 — 그 일에 대해서 떠벌린 에두아르트의 표현에 따르자면, 억세게 토하고 — 뷔플러 집으로 온 날에 일어났다. 서로 작별 인사를 하고 헤어질 무렵, 로잘린은 흥분한 얼굴로 딸을 힐끔 쳐다보면서 켄의 귓불을 잡고 이렇게 말했다.

"너, 아들아, 이 엄마가 진지하게 하는 말을 잘 들어야 해. 엄마 집은 말이야, 행실 좋은 사람은 환영이지만 밤도깨비나

---

25  뒤셀도르프가 자랑하는 향토 맥주.

독일어도 못하는 술주정뱅이 상이군인은 사절이야. 이런 건 달 같으니, 알아들었니? 정신 차려. 나쁜 애들이 유혹해도 따라가면 안 돼, 제발 조심하고 건강을 챙기렴. 앞으로 그럴 거야, 어쩔 거야?" 그녀는 연신 켄의 귓불을 잡아당겼다. 그러자 켄은 약간 과장스럽게 처벌이 아프다고 시늉하면서 괴롭다는 양 찡 그린 채, 아름답게 반짝이는 치아를 내보이며 부인의 손에 그 대로 끌려갔다. 그의 얼굴이 로잘리의 얼굴 앞까지 바싹 다가 왔다. 그러자 로잘리는 코앞의 얼굴에 대고 말을 이어 갔다.

"못된 아들 같으니, 네가 또 고치지 않고 이런다면 엄마는 너를 이 도시에서 쫓아 버릴 거야. 알겠니? 너를 적막한 타우누스의 시골 마을로 쫓아낼 테야. 자연이 무척 아름답지만 재미난 일이라곤 하나도 없는 곳이지. 거기서 농사꾼 아이들한 테나 영어를 가르치도록 해. 이번만은 숙취에서 깨도록 어서 가서 자거라, 나쁜 녀석 같으니." 그러고 나서 귀를 놓아주었다. 로잘리는 코앞의 켄의 얼굴을 뒤로한 채, 창백하고 교활한 표정으로 다시 한 번 안나를 쳐다보더니 곧장 사라졌다.

일주일 뒤, 정말 상상도 못 한 일이 일어나서 안나 폰 튀믈 러는 몹시 놀라고 감동하고 혼란마저 느꼈다. 어머니를 위해 서 일단 기뻐하기는 했지만, 안나는 그것이 다행인지 불행인 지 당최 알 수 없었다. 아침 10시 무렵에 하녀가, 사모님께서 부르신다고 일렀다. 이 작은 가족은 아침 식사를 각자 따로 했 는데, 제일 먼저 에두아르트, 그다음은 안나, 마지막이 로잘리 였다. 그래서 안나는 아직 엄마를 만나지 못한 상황이었다. 로 잘리는 가벼운 캐시미어 담요를 덮고 침실의 긴 소파에 누워 있었는데, 창백함에도 코끝이 빨갰다. 절름거리며 방으로 들 어오는 딸을 그녀는 좀 꾸민 듯 피로한 미소를 띤 채 묵묵히 맞아들였다. 안나가 물었다.

"엄마, 무슨 일이에요? 아픈 것 아니죠?"

"아니야, 얘야, 걱정하지 마라. 병은 아니야. 너를 부르지 않고 내가 네 방으로 건너가려고 했어. 그런데 아무래도 몸을 조심해야 할 것 같더구나. 몸을 편하게 말이야. 여자들은 가끔 그래야 할 때가 있잖니."

"엄마, 그게 무슨 말이에요?"

그러자 로잘리는 몸을 일으키더니 딸의 목을 끌어안았다. 그러고는 딸을 잡아당겨 소파 한 귀퉁이에 앉히고, 뺨이 맞닿을 정도로 가까이 다가가서 딸의 귀에 대고 급히, 행복에 겨운 채 단숨에 속삭였다.

"이겼어, 안나야, 승리했어, 그게 돌아왔어. 그렇게 오래 끊겼는데 자연스럽게 돌아왔어. 성숙하고 활기찬 여자한테 어울리도록 말이야. 얘야, 기적이야! 위대하고 훌륭한 자연이 나한테 기적을 베풀어서 나의 신념을 축복해 주었어. 왜냐하면 안나야, 나는 자연을 믿었고 비웃지 않았거든. 그래서 선량한 자연이 나한테 포상으로 그걸 돌려준 거야. 자연은 내 육체를 벌써 멎게 했음이 잘못임을 인정하고, 육체와 정신 사이에 다시 화합을 가져왔어. 물론 그건 네가 원하는 화합과는 다른 방식이지. 마음이 육체가 원하는 대로 순종하고, 육체가 이끄는 대로 품위 있게 노년의 세계로 따라가지 않은 거야, 그 반대지. 얘야, 그 반대로, 마음이 결국 육체를 정복했어. 축하해 줘. 얘야, 난 지금 얼마나 행복한지 몰라. 난 다시 여자가 됐어. 다시 완전한 인간, 능력 있는 여자가 됐어. 이제 좋아하는 젊은 남자를 떳떳하게 상대할 수 있지. 앞으로 남자 앞에서 스스로의 무력함을 부끄러워하며 눈을 내리깔지 않아도 돼. '봄 가지 때리기' 덕분에 내 정신뿐 아니라 육체까지 깨어났어. 급기야 이 육체를 다시 한 번 물이 흐르는 샘으로 만들어 주었단다. 사랑스러운 내 딸아, 나한테 키스해 다오, 그리고 나를 축복해 줘, 나는 너무 행복해. 나와 함께 위대하고 선량한 자연의 기적을 찬양해 다오."

로잘리는 주저앉더니 눈을 감은 채 만족스러운 미소를 지었다. 코끝은 더욱 빨개졌다.

"네, 그래요, 엄마." 안나는 같이 기뻐하고 싶었지만 어쩐지 불안했다. "정말 위대하고 감동적인 일이고, 엄마가 말하는 자연이 대단하다는 증거예요. 엄마의 감정에 생기를 불어넣더니, 이젠 엄마의 육체까지 소생시켰네요. 엄마의 육체에 일어난 기적이 정신의 산물, 엄마의 젊은 감정의 산물이라는 의견엔 저도 동의해요. 그전부터 한번 이야기해 보고 싶었죠. 저도 육체에 비해 정신이 무력하고, 정신과 육체의 관계에서 육체만이 결정적인 힘을 가졌다고 생각할 만큼 어리석지는 않아요. 정신과 육체가 서로 의지하고 있다는 것, 자연이나 자연이 지닌 통일성 정도는 알아요. 아무리 정신이 육체의 상태에 좌우되더라도, 정신이 육체에 대해서 할 수 있는 일이란 때로 극히 기적적인 것에 국한되지요. 엄마의 경우는 그중에서도 매우 놀라운 사례예요. 그런데 한 가지, 말하고 싶어요. 엄마가 그토록 자랑스럽게 여기는 그 아름답고 즐거운 일이 — 물론 엄마는 그 일을 얼마든지 자랑스럽게 생각하실 만해요. — 저한테는 어쩐지 좋은 징조로만 보이진 않네요. 엄마, 나한테는 별로 차이가 없는 듯 느껴져요. 이번 일로 새삼스럽게 엄마의 자연, 아니 자연 전체를 경탄할 필요는 없다고 봐요. 불구에다 노처녀인 저 같은 사람은 대개 육체적인 것에 그다지 큰 비중을 두지 않아요. 그래도 저는 엄마가 나이 들어가는 육체에 맞서서 젊은 마음을 지녔음은 대단한 일이라고 봐요. 그것만으로도 이긴 거예요. 육체가 시들지 않는 마음을 따라갔다기보다 오히려 시들지 않는 마음 자체가 순수한 승리라고 생각해요."

"진정해라, 애야. 넌 내 마음이 젊어서 기운이 난다면서도, 그것이 나 자신을 웃음거리로 만드는 바보짓이라며 어서 엄마의 위치로 돌아가라고, 마음을 모성 쪽으로 바꿔 보라고 충고했어. 맙소사, 그건 좀 속단이었지, 안 그러니? 너도 그렇게 생각하지 않니, 안나야? 거기에 자연이 반기를 든 거야. 자연이 내 편을 들어서 똑똑하고 확실하게 가르쳐 주었어. 내가 자연에 대해서든, 싹트는 젊음에 대해서든 조금도 부끄러워할 필요가 없다고 말이야. 그런데 너는 별 차이가 없다고 하는 거니?"

"아녜요, 사랑하는 엄마. 나는 절대로 자연을 무시하는 게 아니에요. 그리고 엄마가 말하는 기쁨을 절대로 방해하고 싶지 않아요. 그런데도 엄마는 내 말을 믿으려 하지 않아요. 그 일들 사이에 별 차이가 없다고 말한 까닭은 외적인 것, 말하자면 현실적인 얘기예요. 지난번에 내가 엄마한테 충고하고 부탁했을 때, 그 청년, 이렇게 냉담하게 칭해서 죄송해요, 우리들의 친구 키튼에 대한 감정을 모성애로 바꿔 보라고 했을 때 저는 그가 엄마의 아들이 될 수 있을지도 모른다고 희망을 가졌어요. 그 사실은 하나도 변하지 않았어요, 안 그런가요? 그런데 그건 엄마와 그의 관계, 즉 엄마뿐 아니라 그 사람의 입장에 따라 결정되는 문제예요."

"그 사람의 입장도? 너는 양쪽이라고 말하지만 결국 그 사람 쪽만 생각하고 있어. 그가 나를 모자간의 사랑 외에 다르게 사랑할 수는 없다고 생각하는 거지."

"엄마, 그럴 수 있을까요?"

"안나야, 어떻게 그렇게 말할 수 있니? 너는 애정 문제에 대해서 말할 권리가, 그럴 권한이 없어. 너는 일찌감치 체념했고 그런 문제에서는 다른 데로 눈을 돌렸기 때문에 그쪽 방면이라면 아무래도 날카로운 판단력이 부족해. 너한테는 정신적인 것이 자연적인 것을 대신하지. 그것도 좋아, 나쁠 건 없어. 그렇지만 내게 희망이 없음을 어떻게 네가 판단하고 결정지을 수 있니? 너는 관찰력이 없기 때문에 내가 보는 것을 보지 못하고 있어. 내 감정에 응해서 그가 마음의 준비를 하고, 긍정적인 신호를 보내고 있음을 난 보았지. 그가 나한테 그렇게 행동하는 것을 너는 그저 장난이라고만 생각하니? 너는 그가 뻔뻔하고 무정하다고 밀어붙이지. 그의 감정이 내 감정하고 일치할지도 모른다는 희망에 대해서는 전혀 고려하지 않아. 그게 왜 놀랄 일이니? 네가 아무리 애정 문제를 모르더라도, 청년들이 때때로 미숙한 아가씨나 순진하기만 한 여자애보다 성숙한 여성을 더 좋아한다는 사실쯤은 알고 있겠지? 물론 거기에는 모성을 향한 그리움이 있긴 해. 또 젊은 남자에 대한 나이 든 여자의 열정도 모성애와 연관되어 있고. 내가 누구에겐가 이런 얘기를 한 적이 있는데, 얼마 전에 너도 대화하다가 그 비슷한 얘기를 했었지, 확실해."

"그래요? 어쨌든 엄마 말이 맞아요. 엄마가 하신 말이 전부 옳다고 인정해요."

"그럼 나에게 희망이 전혀 없다고는 제발 말하지 말아 다오. 더욱이 오늘처럼 자연이 내 감정을 인정해 준 날에는 말이야. 내 머리가 세긴 했지만 흰머리엔 시선을 보내지 말아 줘. 그래, 난 머리가 많이 셌어. 내가 일찌감치 염색을 시작하지 않았음은 잘못이야. 자연이 어느 정도 염색을 강요하고 있지만 이제야 갑자기 시작할 수는 없지. 얼굴에는 뭔가 좀 할 수 있을 거야. 마사지라든가, 립스틱 따위를 바를 수도 있지. 내가 그러더라도, 너희들 언짢은 거 아니지?"

"그럴 리 없어요, 엄마. 에두아르트는 과하지만 않으면 전혀 알지 못해요. 그리고 나는…… 인위적인 화장이 엄마의 자연관하고는 안 어울린다고 생각하지만, 필요한 만큼 도움을 받는 정도라면 자연한테도 죄가 아닐 거예요."

"그렇지? 그나저나 모성애 쪽으로 끌리는 켄의 감정을 제어하는 게 중요해. 그건 정말이지, 내가 바라는 게 아니야. 안 나야, 얘야, 내 심장이, 네가 심장이라는 말을 얘기하거나 듣기 싫어한다는 걸 알지만, 자랑스러움과 기쁨으로 부풀어 오르는구나. 예전과는 전혀 다르게, 이제 완전히 새로운 자신감을 가지고 그의 젊음과 마주할 수 있다고 생각하니 말이야. 네 엄마의 심장은 행복과 삶에 대한 희망으로 흘러넘친다."

"엄마, 정말 아름다워요. 그리고 그런 엄마의 행복을 함께 나눌 수 있어서 정말 좋아요. 저도 그 행복에 동참할게요, 진심으로 말예요. 그 점은 의심하지 마세요. 내가 그 기쁨에 어딘지 불길한 징조가 있다고 말해도 마찬가지예요, 정말이에요. 그래도 약간의 걱정, 이를테면 현실적인 걱정이 좀 있어요. 엄마는 희망이라든지 온갖 말들을 사용하지만, 단순하게 보자면, 무엇보다도 그건 다정한 엄마의 성격을 드러내는 표현일 뿐이에요. 하지만 엄마는 그 희망을 좀 더 명백하게, 가령 희망의 목표가 무엇인지, 현실에서 무엇을 하실지 확실하게 말하지 않으시네요. 재혼하실 생각이신가요? 켄 키튼을 우리의 계부로 만들려는 거예요? 그 사람과 '결혼식'을 올리려고 하시나요? 제가 너무 걱정만 하는지 모르지만, 아들뻘인 나이를 생각하면, 세간의 눈총이 우려되네요."

폰 뒤플러 부인은 놀라서 딸을 바라보았다.

"아니야," 그녀가 말했다. "그런 생각은 해 보지 않았어. 얘야, 안심해. 결혼 따위는 전혀 생각해 본 적이 없어. 아니야, 안나야, 무슨 바보 같은 소리를 하니! 너희들한테 스물네 살짜리 아버지를 만들어 줄 생각은 추호도 없어. 완고하고 독실한 척 '결혼식' 같은 소리를 하다니, 너 정말 이상하다."

안나는 입을 다물었다. 눈꺼풀을 한 번 깜박인 뒤, 어머니 너머의 허공을 바라보았다.

"그 누구도 희망이라는 말을 네가 원하듯 명백하게 단언할 수 없단다." 로잘리가 계속 말을 이었다. "희망은 희망일 뿐, 너처럼 현실적인 목표가 뭐냐고 물어볼 순 없지. 자연이 나한테 베풀어 준 기적은 너무도 아름다워. 내가 원하는 건 그 아름다움뿐이야. 그것이 어떻게 되리라고, 어떻게 실현되고 어떻게 진행되리라 생각하는지까진 너한테 말할 수 없어. 그런 게 희망이야. 희망은 아무것도 생각하지 않지. 결혼식 같은 건 말도 안 돼."

안나의 입술이 약간 일그러졌다. 입술 사이로 나지막하게, 자기도 모르게 반박이 새어 나왔다.

"그건 그나마 이성적인 생각이네요."

그 말에 놀란 폰 뒤플러 부인은 시선을 돌린 불구의 딸을 바라보면서 표정을 살피고자 애썼다.

"안나야," 힘이 빠진 목소리였다. "대체 무슨 생각을 하는 거야? 도대체 왜 그러니? 솔직히 평소하고는 영 다르구나. 우리 두 사람 중 어느 쪽이 예술가니? 나, 아니면 너니? 네가 이 엄마보다 편견투성이리라고는 생각도 못 했다. 나한테뿐 아니라 너는 시대에도, 이 자유로운 시대의 풍속에도 뒤떨어져 있어. 미술에서 너는 지나치게 진보적이고 최첨단을 추구하기 때문에, 나 같은 사람은 아주 간신히, 겨우 이해할 수밖에 없었지. 반면에 도덕적인 면에서 너는 대체 어느 시대에 살고 있는 거니? 마치 전쟁 이전의 시대에 사는 듯 보이는구나. 우리는 지금 민주 공화국에서 살고 있단다. 우리에게는 자유가 있고, 한계는 느슨한, 거의 방종의 수준에까지 이르러 있어서 어느 방면에서나 마음껏 누릴 수 있어. 예전 같으면 손수건의 한 귀퉁이만 양복 상의 주머니로 보이게끔 꽂았는데, 요즘 젊은이들은 길게 축 늘어뜨리고 다니잖니. 손수건의 절반을 깃발처럼 늘어뜨리는 것이 보통인데, 그건 일종의 신호, 풍속이 공화국 시대에 걸맞게 변화하고 있음을 의도적으로 보여 주는 시위라고 할 수 있어. 에두아르트도 유행을 좇아서 손수건을 늘어뜨리고 다니던데, 보기 좋더라."

"엄마, 굉장히 세밀하게 관찰하시네요. 하지만 에두아르트의 손수건이라면, 그저 개인적인 취향이라고 생각해요. 엄마 말대로 이제 그 애도 정말 성인이 다 됐어요. 중령이었던 아빠를 많이 닮았죠. 지금 우리 대화에서 아빠 얘기는 다소 부적절하지만 말이에요."

"안나야, 네 아빠는 훌륭한 군인이었고 명예롭게 전사하셨어. 하지만 좀 방탕한 귀공자였고, 마지막까지 바람둥이였지. 그것만 보아도 남성의 성생활엔 명확한 한계가 없어, 확실해. 나는 끝내 눈을 감아 주어야 했어. 그러니까 지금 네 아빠

이야기도 전혀 상관없지는 않단다."

"그렇다면 좋아요, 엄마. 그럼, 이야기해 볼게요. 아빠는 귀족이고 장교였죠, 엄마 말씀은, 아빠가 바람둥이였지만 체면만큼은 지켰다는 거죠. 저한테 체면 따위는 관계없는 일이지만, 에두아르트는 아빠의 성격을 어느 정도 물려받은 듯 보여요. 체격이나 얼굴 같은 외양만 닮지 않았죠. 어떤 경우, 그 애가 무의식중에 아빠처럼 반응할 수도 있어요."

"어떤 경우라니, 대체 무슨 말이니?"

"엄마, 항상 서로 그래 왔듯이 솔직하게 말해 볼게요. 이렇게 생각할 수도 있어요. 엄마하고 켄 키튼과의 관계가 완전히 비밀스레, 세상 사람들은 아무것도 모른 채 지나갈 수도 있어요. 하지만 엄마의 사랑스러운 충동적 성격, 뭔가를 숨기거나 가슴에 무덤처럼 담아 두지 못하는 성격 때문에 그러기는 어렵지 않을까 해요. 혹시 어떤 못된 아이가 에두아르트를 놀리면서 너희 엄마가, 글쎄요, 뭐라 할까요, 경박한 생활을 하고 있다느니, 아무튼 뭐, 그런 말을 한다면, 에두아르트는 그 애를 두들겨 패든지, 따귀를 갈기든지, 아니면 기사도 정신에서 법에 저촉되는 어리석은 행동을 할지도 몰라요."

"맙소사, 안나야, 무슨 그런 생각을 하니? 네 말을 들으니까 겁이 난다. 나를 걱정해서 하는 말이겠지만 정녕 끔찍하구나. 엄마에 대한 아이들의 평판이 이토록 잔혹하다니."

로잘리는 조금 울었다. 안나는 손수건을 건네며 어머니가 눈물을 닦도록 도와주었다.

"엄마, 정말 미안해요. 괴롭히려고 한 말은 아니에요. 제발 '아이들의 평판'이니 뭐니, 그런 말은 하지 마세요. 엄마는 제가 인내심을, 아니 그 말부터가 건방진 말이네요, 존경심을 가지고 진심으로 염려하면서, 엄마가 행복이라 부르는 그 일을 걱정하고 있다는 것 아시죠? 그리고 에두아르트도, 왜 에두아르트 얘기가 나왔는지 모르겠네요, 아, 그건 그 아이의 손수건 때문이죠. 여하튼 문제는 우리가 아니고, 세상 사람들도 아니에요, 바로 엄마예요. 엄마는 스스로 공평하다고 하셨어요. 하지만 사실일까요? 우리는 아빠에 관해, 그리고 아빠가 살았던 시대의 일반적 인식에 관해 이야기했어요. 당시 관습은 엄마를 슬프게 했지만, 아빠가 아는 한 남성의 바람기는 거기에 저촉되지 않았어요. 엄마는 아빠의 바람기를 계속 용서했다고 하셨는데, 한 가지는 확실해요, 엄마도 근본적으로는 같은 생각이었기 때문이죠. 가령 아빠의 바람기가 정말로 방탕하지 않다고 말예요. 아빠는 천성적으로 그런 분이 아니고, 정신적으로도 그럴 수 없는 분이에요, 엄마 역시 그렇고요. 기껏해야 예술가인 나 정도가 돌연변이인 셈인데, 어찌 보면 나조차 천성이 그렇지는 않아요. 이탈이나 도덕적 타락 같은 문제를 생각해 보면 더욱 그래요."

"저런," 폰 튀믈러 부인이 말을 가로막았다. "너 자신에 대해 그처럼 불쌍하게 말하지 마라."

"제 얘기가 아니에요." 안나가 대답했다. "엄마에 관해, 엄마 얘기를 하는 거예요. 제 마음속에는 엄마 걱정뿐이라고요. 아빠의 방탕이라면 그 자신뿐 아니라 세상의 판단 역시 무난한 방종 정도로 치부하겠지만, 엄마의 경우라면 정말 낙인찍힐 거예요. 물론 육체와 정신의 조화는 훌륭한 데다 필요하고, 자연이, 엄마가 귀하게 여기는 자연이 그런 조화를 기적적으로 선물해 줬음은 자랑스럽고 행복한 일이에요. 하지만 삶과 타고난 도덕관념의 조화는 궁극적으로 필연적이죠. 그 조화가 깨지면 마음의 균형마저 깨져서 결국 불행해져요. 이게 진실이라고 생각하지 않으세요? 엄마가 지금 꿈꾸는 것을 현실로 만든다면, 막상 엄마 자신과는 안 맞지 않을까요? 근본적으로 엄마도 아빠처럼 어떤 생각에 매여 있어요. 이 결합이 파괴되면 엄마 또한 파괴되겠죠. 제가 이런 이야기를 하는 이유는 불안하기 때문이에요. 무엇 때문에 파괴니 뭐니 하는 말이 나왔는지 모르겠네요. 네, 너무 불안해서 한번 입에 올렸더니 계속 실감하게 되네요. 엄마를 행복한 희생자로 만들어 버린 이 재앙이, 왜 자꾸 파멸과 이어지는지 모르겠어요. 한 가지 고백할게요. 최근 두세 주 전에, 저녁 늦게 엄마하고 차를 마시며 이야기했을 때, 엄마는 굉장히 흥분하셨어요. 그래서 저는 오버로스캄프 선생님과 의논해 보려고 했어요. 에두아르트가 황달을 앓았을 때, 그리고 내가 인후염에 시달렸을 때 진찰해 주신 그분요. 엄마는 의사가 필요 없는 분이지만, 엄마에 대한 걱정을 덜고자 그분한테 상담을 청했어요. 하지만 그러지 않기로 했어요. 금방 그만둬야겠다고 판단했죠. 자존심 때문이었어요, 엄마, 정말이에요, 엄마에 대한, 그리고 나에 대한 자존심 때문이었는데, 엄마의 일을 그런 의사한테 말한다는 것 자체가 굴욕적으로 여겨졌거든요. 황달이나 인후염이라면 혹시 그분이 도움을 줄지 몰라도 이건 보다 심각한 고민이잖아요. 의사를 찾기에는 너무 고상한 병도 있다는 것이 제 의견이에요."

"그래, 모두 고맙다, 얘야." 로잘리가 말했다. "네가 나 때문에 오버로스캄프 의사하고 상담까지 할 만큼 걱정해 줘서 고맙고, 그리고 그 일을 그만두기로 결정해 줘서 고맙다. 너는 여성성의 부활과, 정신이 내 육체에게 베풀어 준 기적을 어째서 재앙이라고 부르고, 그걸 멋대로 질병이랑 엮는 거니? 행복병? 그건 결코 방종이 아니라 기쁨과 슬픔이 함께하는 삶이야, 그리고 삶이란 곧 희망이지. 내가 너의 이성(理性)에게 이걸 설명하지는 못하겠다만."

"엄마, 저도 엄마한테 설명을 들으려는 게 아니에요."

"자, 그럼 그만하자. 좀 쉬어야겠어. 너도 알다시피, 이렇게 기쁜 날이면 우리 여자들한테는 안정이 필요하잖니."


안나는 어머니에게 키스하고, 힘겹게 절뚝거리면서 침실을 나왔다. 두 사람은 각자 자신이 한 말들을 곰곰이 생각해 보았다. 안나는 마음속의 모든 것을 다 이야기하지 못했고, 이야기할 수도 없었다. 안나로서는 어머니에게 닥친 '여성성의 부활', 감동적인 회춘이 과연 오래갈 수 있을지 의심스러웠다. 그럴 가능성은 별로 없어 보였고, 설사 켄이 어머니에게 빠지더라도 얼마나 오래 지속될지 알 수 없었다. 뒤늦게 사랑에 빠진 여성은 첫날부터 젊은 상대의 마음이 변치 않기를, 그가 존중해 주기를 연신 마음 졸이지 않으면 안 되리라. 그래도 어머니가 그 행복을 쾌락이나 기쁨으로만 해석하지 않고, 고통스러운 삶으로 여기고 있음은 다행이었다. 왜냐하면 안나는 불안한 마음으로 어머니가 꿈꾸는 미래에서 고통을 읽었기 때문이었다.

로잘리 부인도 예상보다 심각하게 안나의 충고가 깊이 와닿았다. 에두아르트가 젊은 혈기에 어머니의 명예를 지키고자 무슨 일을 저지를지도 모른다는 걱정 때문만은 아니었다. 그런 낭만적 상상은, 비록 눈물 나기는 했지만 오히려 로잘리의 심장을 더욱 뛰게 했다. 하지만 안나가 그녀의 '공평함'을 의심한 것, 즉 방종한 생활과 도덕의 조화를 불신했음은 안정이 필요한 때조차 로잘리의 선량한 정신을 내내 괴롭혔으며, 그 정당한 의혹으로부터 벗어날 수도 없었다. 결국 그 어리석은 생각을 어느 정도 인정하지 않을 수 없었다. 로잘리는 새로운 상황에서 젊은 연인과 다시 만나게 되었음을 내심 기뻐했지만 그녀 스스로가 자기 신조를 배반하고 있다는, 현명한 딸의 지적을 곰곰이 생각해 보았다. 그러는 동안 행복감 속으로 체념이 파고들었다. 그렇다, 고통스러운 강요가 아니라 자유롭게, 그리고 행복과 동등한 의식에서 생겨난 체념이라면 혹시 그것 역시 행복이 아닐까? 로잘리는 그럴지도 모른다는 결론에 도달했다.

로잘리에게 생리적으로 반가운 일이 일어난 지 사흘 뒤, 켄은 다시 튀믈러 집에 나타났다. 그는 에두아르트와 함께 책을 읽고 영어 공부를 하고, 저녁 식사 때까지 남아 있었다. 켄의 깔끔한 얼굴, 아름다운 치아, 넓은 어깨, 날씬한 허리를 바라볼 때 로잘리의 온화한 두 눈은 행복의 빛을 발했고, 그 광채는 그녀의 뺨을 붉게 물들인 듯 돋보이게 했다. 뺨의 홍조가 아니었다면 로잘리의 창백한 얼굴은 행복에 달뜬 열기와 대조되었을 터다. 로잘리는 켄에게 환영의 말을 건넨 다음, 그의 손을 잡아서 자기 쪽으로 가까이 당기며 인사했다. 그러고는 진지하게 반짝이는 눈동자로 조심스럽게 그의 눈을 응시했는데, 마치 자연이 그녀에게 베푼 기적을 젊은이에게 알리려는 듯 신나 보였다. 하지만 쓸데없는 걱정이었다. 물론 그런 일은 일어나지 않았다. 부인은 저녁 내내 젊은 손님에게 명랑하고 친절한 태도를 유지했다. 지난날 딸한테 발각당한 가짜 모성애, 온갖 수치심과 주저, 고통스럽게 일그러진 굴욕감 따위는 찾아볼 수 없었다.

키튼은 자신이 다소 늙기는 했지만 매력적인 유럽 여성을 정복했음을 정확하게 알았고 그 사실을 즐겼다. 그런데 막상 그녀의 태도가 이렇게 변하고 보니 어떻게 대처해야 할지 당황스러웠다. 로잘리에 대한 존경심은 그녀가 자신에게 반했다는 사실을 알게 된 뒤로 급속히 저하되었다. 그러나 한편으로는 그의 남성성을 다시 흥분시켰다. 단순한 그의 마음이 부인에게 끌린 것이다. 너무도 아름다운 그녀의 눈, 젊음의 정열을 간직한 채 뚫어지게 바라보는 로잘리의 눈을 보노라면, 쉰이라는 나이와 시들어 가는 그녀의 손은 달리 문제도 아니었다. 그래서 잠시 그녀와 연애를 시작해 볼까 하는 생각마저 들었는데, 결코 이상한 일은 아니었다. 아멜리 뤼첸키르헨이나 루이제 핑스텐하고는 아니지만, 로잘리가 생각지도 못한 어느 여성과 관계를 갖고 있던 그로서는 불가능한 일도 아니었다. 안나는 드디어 켄이 제자의 어머니하고 주고받던 정중한 말투를 가끔씩 농담조로 바꾸기 시작했음을 눈치챘다.

하지만 선량한 청년은 더 이상 앞으로 나아갈 수 없었다. 로잘리는 인사할 때면 그의 손을 잡아서 거의 몸이 닿을 만큼 가까이 끌어당겼고, 그의 눈에다 친밀하고도 깊은 시선을 보냈다. 그러나 켄은 그럴 때마다 자기 한계에 일정한 선을 긋는 로잘리의 다정하면서도 결정적인 위엄과 맞닥뜨려야 했고, 끝내 고비를 넘지 못한 채 마음을 다잡고 금방 위축되었다. 그런 일이 몇 차례 반복되는 동안에도 그녀의 속마음은 도무지 짐작할 수 없었다. 부인이 자기한테 반했는지 아닌지를 그는 계속 자문했고, 자신을 거부하고 질책하는 까닭은 자식들, 불구의 딸과 고등학생 아들의 앞이기 때문이라고 생각했다. 그러나 어느 살롱의 한구석에서 잠시 그녀와 단둘이 있게 되었을 때도 사정은 딱히 다르지 않았다. 그가 희롱이 아니라, 진실하고 다정하고 절실한, 말하자면 사랑이 담긴 장난을 했을 때도 마찬가지였다. 한번은 그가 모두들 듣기 좋다고 하는, 혀를 굴리지 않는 R 발음으로 로잘리를 격정적으로 불러 보았다. 그렇게 이름만 부르는 것은, 미국식으로 보자면 그다지 이상한 일도 아니었다. 하지만 로잘리는 순간적으로 얼굴을 붉히고 급히 일어나더니 자리를 떴다. 그날 저녁에는 더 이상 그에게 대화도, 시선도 건네지 않았다.

추위가 심하지 않아서 서리도, 눈도 달리 내리지 않고 그저 비만 제법 쏟아졌던 그해 겨울은 일찌감치 물러났다. 2월이 되자 햇살 좋은 온화한 날씨가 계속되었고, 금세 봄기운이 돌았다. 파릇한 새잎이 여기저기 숲가에 모습을 드러내기 시작했다. 로잘리는 정원의 설강화[26]를 사랑으로 맞이한 뒤 예년보다 이르게 핀 봄눈송이꽃[27]을, 곧이어 안마당과 공원에 피어난 키 작은 크로커스[28]를 만났다. 산책을 나온 사람들은 이런 화초들 앞에서 걸음을 멈추고 손짓을 하면서 아름답게 피어난 꽃들을 둘러쌌다.

"묘하지 않니?" 폰 튀믈러 부인이 딸을 돌아보면서 말했다. "이 크로커스는 사프란[29]하고 아주 비슷해. 거의 같은 꽃으로 보이지. 시작과 끝의 순서를 서로 바꿔도 될 만큼 닮았

---

26  수선화과의 식물로, '스노드롭'이라고도 한다. 하얀 꽃이 춘분 전에 핀다.

27  수선화과의 식물로, 은방울 같은 꽃을 피운다.

28  붓꽃과에 속하는 여러해살이 식물.

29  '가을 크로커스'라고 불리기도 한다.

어.[30] 크로커스를 보면서 가을이라 혼동하고, 이별의 꽃인 사프란을 보면서 봄을 떠올릴 정도야."

"그래요, 좀 헷갈리네요." 안나가 대답했다. "엄마의 오랜 친구인 자연은 양의성과 신비를 무척 사랑하나 봐요."

"못됐구나, 자연에 대해서 단박에 신랄한 말을 하다니. 내가 감탄을 하면 너는 꼭 놀리더라. 착하게 굴어라, 그리고 나와 사랑스러운 자연의 다정한 관계를 비웃지 말아 다오. 적어도 지금처럼 나의 계절이 피어날 때는 더욱 말이지. 내 계절이라고 말하는 이유는, 태어난 계절이 우리를 닮았기 때문이야. 거꾸로 우리가 계절을 닮기도 했지. 너는 강림절[31]에 태어났으니 출생의 전조가 좋았다고 할 수 있어, 성탄절하고 가까우니까. 그 때문에 너는 12월이 춥기는 해도 기쁘고 따스한 계절이라고 여길 테지. 내 경험에 따르면, 정말 태어난 계절과 우리 사이에는 친밀한 관계가 있는 것 같아. 그 계절이 돌아오면 우리의 생활 역시 뭔가 확실해지고 강화될 뿐 아니라, 어쩐지 새로워지는 기분이야. 나한테는 봄이 그래. 단순히 봄이어서가 아니야. 시에서 노래하는 춘삼월이라는 계절은 그저 여러 사람들이 좋아하는 시기에 머물지 않고, 내가 태어난 계절, 나한테만 슬며시 미소 짓는 계절이라는 생각마저 들어."

"엄마, 그건 확실해요." 겨울에 태어난 안나가 대답했다. "그 점에 대해서는 비판하지 않을 테니 안심하세요."

그런데 로잘리가 '자신의 계절'인 봄이 태동하던 순간에

---

30  초봄에 피는 크로커스와 가을에 피는 사프란의 모습이 서로 같음을 지적하고 있다.

31  성탄절 전, 사 주 동안의 기간을 가리킨다.

느낀, 혹은 느낀다고 믿었던 생명의 약동은 그 당시만 해도 제대로 입증되지 않은 채였다. 딸과 이야기를 나눌수록 로잘리가 확실하게 믿고 있던 도덕적 명제와 그녀의 자연은 맞지 않는 것 같았고, 그 때문에 스스로 '어긋나게' 살고 있는 듯했다. 적어도 안나는 그러한 인상을 받았다. 한편 안나 역시 어머니에게 절제를 강요했음을 가책했다. 자신의 거리낌 없는 세계관 속에선 전혀 찾아볼 수 없는 절제였지만 단지 사랑하는 어머니의 마음의 평화를 위해서—필요하다고 여겼으므로—강요했던 것이다. 그런 이야기를 꺼냈을 때, 안나는 거기에 무슨 불순한 동기라도 숨어 있지 않은지 스스로를 의심했다. 관능적 행복을 동경하면서 한 번도 그러한 쾌락을 경험해 보지 못한 자신이 어머니를 남몰래 시기해서 그럴싸한 이론을 내세워 정숙한 행동을 강요하지는 않았는지 자문해 보았다. 아니다, 그건 아니었다. 그런데도 어머니를 보고 있으면 안나는 가책으로 마음이 무겁고 답답했다.

어머니가 그렇게나 좋아하던 산책을 하면서 쉽게 피곤해하고, 집안일을 핑계 삼아서 나온 지 삼십 분도 채 안 되었는데 벌써 귀가를 서두르고 있음을 안나는 눈치챘다. 어머니는 오래 휴식하고 달리 움직이지 않는데도 체중이 줄었다. 언젠가 옷 밖으로 나온 어머니의 야윈 팔뚝을 보니 안나는 불쑥 걱정되었다. 회춘을 가져다준 청춘의 샘도 이제는 아무 도움이 안 되는 모양이었다. 눈 밑에는 푸르스름한 피로의 빛이 역력했고 젊은 연인을, 그리고 다시 얻은 완전한 여성성의 명예를 위해서 바르는 볼연지조차 누르스름하고 창백한 안색을 감추지 못했다. 몸 상태를 물으면 그녀는 "왜 그래, 아주 좋기만 해."라며 명랑하게 말을 막았다. 그래서 안나는 오버로스캄프 선생에게 어머니의 불길한 건강 상태를 의논해야겠다는 생각을 접고 말았다. 이런 포기에는 죄의식뿐만 아니라 효심도 작용했는데, 그녀 말대로 의사에게 전하기에는 고상한 병도 있기 때문이었다.

　어느 날 저녁 로잘리와 남매, 그리고 켄 키튼이 함께 앉아서 포도주를 마실 때, 로잘리가 소소한 얘깃거리를 내놓았다. 안나는 어머니의 모험심, 체력에 대한 자신감이 반가웠다. 로잘리가 침실에서 안나에게 신체의 놀라운 변화를 털어놓은 지 한 달이 채 지나지 않은 때였다. 그날 저녁, 로잘리는 여느 때처럼 사랑스럽고 쾌활했을 뿐만 아니라 나들이를 가자고까지 제안했다. 모두들 그 얘기에 찬성했는데, 키튼이 평소대로 역사적 사건에 관해 이런저런 후일담을 들려주었기 때문이었다. 키튼은 예전에 가 본 적 있는 베르기셰스 란트[32]의 궁성과 성곽, 부퍼강[33] 근처의 성벽, 벤스베르크,[34] 에레스호벤, 김보른, 홈부르크, 크로트토르프 등에 대해 이야기하다가 선제후 카를 테오도르[35]의 이야기로 넘어갔다. 그가 18세기에 왕실을 뒤셀도르프에서 슈베칭엔으로, 그리고 다시 뮌헨으로 옮겼는데, 그 덕택에 총독이었던 그로츠슈타인 백작은 이곳에다 마음껏 의미 있는 공원과 건축물을 계획하고 건축할 수 있었고,

---

32　루르 지방의 남쪽, 라인강 동쪽의 노르트라인 베스트팔렌주에 위치한 낮은 산악 지역.

33　라인강의 지류.

34　벤스베르크 이하, 라인강을 따라 위치한 도시들이다.

35　Karl Theodor(1724~1799). 노르트라인 베스트팔렌을 통치하다가 바이에른의 왕이 되어 뮌헨으로 이주했다.

그때 왕궁 정원의 토대를 이룬 선제후 미술 아카데미와 예거호프 궁성도 건설했다고 얘기해 주었다. 그러자 에두아르트가 그 당시 도시 남쪽에, 같은 이름의 마을에 홀터호프성[36]이 건축된 것으로 안다며 말을 보탰다. 맞아, 홀터호프성도 있지, 라고 키튼이 대꾸하면서 정말 이상하게도 자신은 그 로코코식 건물을 여태껏 구경해 본 적이 없다고, 라인강을 따라 이어진 그곳, 홀터호프성의 공원에도 가 본 적이 없다고 말했다. 폰 튀믈러 부인과 안나는 그곳에 한두 차례 가 본 적 있었지만, 에두아르트 역시 그 매혹적인 궁성의 내부를 구경한 적이 없다고 토로했다. "말도 안 돼." 그건 있을 수 없는 일이라고 부인이 쾌활하게 외쳤다. 라인 지방의 사투리로 말했는데, 그것은 즐겁고 기분이 좋다는 증거였다. "뒤셀도르프 사람들이 이러면 안 되지, 우리 네 사람 모두 말이야! 한 사람은 그곳에 가보지조차 못했고, 다른 사람들도 아름다운 궁성의 내부를 구석구석 보지 못했다니, 타지 사람들마저 모두 구경하고 가는 곳인데!"

"여러분," 그녀가 말했다. "이렇게 가만 있으면 안 돼. 우리 모두 당장, 홀터호프성으로 소풍하러 가야겠어. 요즘 계절도 알맞고, 날씨도 좋으니까. 공원에는 새싹들이 돋아나 있을 거야. 전에 안나하고 갔을 때는 여름이라 무더웠는데, 봄에 가면 훨씬 좋을 거야. 갑자기 그 공원의 해자에 있는 흑고니가 보고 싶네. 안나야, 너도 기억하지, 주둥이는 빨갛고 물갈퀴가 달

---

36  뒤셀도르프와 코블렌츠 사이에 자리한 벤라트성을 모델로 삼았다고 한다. 1755년에 시공되어 1770년에 완성되었다. 호수가 성을 둘러싸고 있으며, 현재 건물은 박물관으로 사용되고 있다.

린, 우울하고 거만하게 물 위를 미끄러지듯 헤엄치던 고니들 말이야. 우리가 먹이를 주니까 고분고분해졌잖니. 이번에는 흰 빵을 가지고 가자. 가만있자, 오늘이 금요일이니 일요일에 가면 어떨까? 에두아르트도, 미스터 키튼도 그때가 좋을 거야. 일요일에는 사람이 북적여서 복잡하지만 난 괜찮아. 나는 사람들을 보는 것도, 행락객들과 즐겁게 어울리는 것도 좋아. 떠들썩한 곳을 거니는 것도 나쁘지 않지. 튀김 냄새가 진동하고, 아이들은 빨간 막대사탕을 빨아 먹고, 신난 사람들이 서커스단 앞에서 종을 치고, 경적을 울리고, 소리를 지르는 오버카셀 축제 같은 것 말이야. 난 재미있더라. 하지만 안나는 나와 달리 그런 걸 한심하다고 생각하지. 맞아, 안나야, 너는 해자에 둥실 떠 있는 흑고니의 고상하고 애수에 찬 모습을 더 마음에 들어 할 거야…… 그런데 여러분, 갑자기 생각났는데, 배를 타고 가면 어떨까! 전차는 재미없어. 숲도 없고, 들판도 거의 안 보이잖아. 물길로 가는 편이 더 재미있지. 아버지 같은 라인강이 우리를 운반해 줄 거야. 에두아르트, 증기선 회사에 연락해서 시간표 좀 알아봐라. 아니다, 잠깐만, 사설 모터보트를 빌려서 라인강을 따라 올라가면 더 멋지지 않을까. 그러면 흑고니들처럼 우리끼리만 여행할 수 있어. 자, 이제 오전에 떠날지 오후에 떠날지만 정하면 되겠다."

오후에 가면 성을 관람할 여유가 몇 시간밖에 안 된다고, 에두아르트가 말했다. 그리하여 일요일 오전으로 정해졌다. 로잘리가 적극적으로 밀어붙여서 모든 계획은 순식간에 확정되었다. 모터보트를 빌리는 일은 키튼이 맡았다. 출발지인 시청사 강변의 수위계(水位計) 옆에서, 일요일 아침 9시에 모이기로 했다.

소풍은 그렇게 진행되었다. 아침부터 화창했고 바람은 약간 불었다. 부두에는 소풍객들이 아이를 데리고, 혹은 자전거를 가지고 모여들었다. 쾰른과 뒤셀도르프를 왕래하는 하얀 정기선을 기다리는 모양이었다. 튀믈러 가족 일행에게는 세를 낸 모터보트 한 척이 준비되어 있었다. 귀덮개를 하고 불그스름한 털보 수염을 기른 선장이 여자들의 승선을 도와주었다. 손님들이 갑판 아래의 기둥을 두른 둥근 좌석에 둘러앉자마자 보트는 출발했다. 썰렁한 양쪽 강변 사이의 넓은 수면을 거스르며 보트는 속도를 냈다. 오래된 성탑, 람베르투스[37] 성당의 사탑(斜塔), 도시의 부두를 지나갔다. 그런 풍경이 연신 강의 물결, 창고, 공장 건물들 뒤에서 나타났다. 그러다가 강변 쪽으로 난 선착장 너머로 뭍이 보이기 시작했다. 에두아르트와 키튼이 이름을 아는 마을과 오래된 어촌이 제방의 보호를 받으면서 초지, 밭, 버드나무 숲, 늪을 두른 평지 앞쪽으로 나타났다. 목적지에 다다를 때까지 강줄기를 따라 한 시간 반 정도 그런 경치가 이어지리라. 그래도 끔찍한 교외선 전차를 지루하게 타고 가느니 이렇게 배를 타서 정말 좋다고, 로잘리가 말했다. 로잘리는 수상 여행의 매력을 한껏 즐기는 것 같았다. 그녀가 눈을 감고 즐거운 듯 부르는 노랫소리가 강바람 속으로 흘러갔다. "오, 강바람아, 나는 너를 사랑해. 너도 나를 사랑하니, 강바람아?" 깃털 장식이 달린 작은 펠트[38] 모자를 쓴 그녀의 갸름한 얼굴은 너무도 사랑스러웠다. 회색과 빨간색 체크무늬가 들어간, 옷깃 넓은 가벼운 모직 외투가 정말 잘

---

37 뒤셀도르프 구시가에 위치한 성당으로, 사탑이 유명하다.
38 양털에 습기, 열, 압력을 가해서 제작한 직물.

어울렸다. 안나와 에두아르트도 여행용 외투를 챙겨 왔지만, 어머니와 딸 사이에 앉은 키튼은 회색 울 스웨터에 얇은 재킷 차림이었다. 마침 손수건이 상의 주머니 밖으로 늘어져 있었는데, 로잘리는 갑작스럽게 두 눈을 부릅뜨더니 손수건을 상의 주머니 안쪽으로 깊숙이 밀어 넣었다.

"예절, 예절을 차려요." 로잘리가 위엄 있게 고개를 저었다.

켄이 미소를 지었다. 그리고 영어로 고맙다고 대답하고는, 지금 무슨 노래를 불렀느냐며 물었다.

"노래?" 로잘리가 물었다. "내가 노래를 했나? 그저 웅얼거렸을 뿐, 노래는 아니야." 그러고는 다시 두 눈을 감고서 입술을 거의 움직이지 않은 채 흥얼거렸다. "강바람아, 나는 너를 사랑해."

그러면서 모터의 소음에도 불구하고 이야기를 이어 갔다. 바람에 날리는 모자를 풍성하게 굽이치는 회색 머리카락에 단단히 고정한 채, 로잘리는 라인강을 따라 나아가면 홀터호프를 지나 레버쿠젠, 쾰른으로 이어지고, 더 나아가면 본을 경유해 고데스베르크, 바트 혼네프, 또 거기서 도보로 지벤게비르게[39]까지 갈 수 있다고 이야기했다. 아름다운 그곳엔 포도밭과 과일나무가 많고 라인강을 이웃한 훌륭한 요양지인데, 특히 관절염에 좋은 알칼리성 탄산 온천지라고 덧붙였다. 안나는 어머니를 쳐다보았다. 어머니는 요즘 요통을 앓고 있었다. 이제 여름이 되면 고데스베르크나 혼네프로 요양을 가자고, 의논하던 참이었다. 바람을 맞으며 밭은 숨을 내쉬다가 꺼낸 훌륭

39  독일 본의 동남쪽에 위치한 산.

한 탄산 온천 이야기는 거의 무의식적으로 나온 말이었다. 안나는 어머니가 지금도 계속 통증을 앓고 있는 모양이라고 생각했다.

한 시간 뒤에 모두들 햄샌드위치를 먹고, 여행용 잔에다 와인을 따라 마셨다. 소박한 선착장에 보트가 도착한 때는 10시 30분이었다. 대형 선박은 들어갈 수 없는 곳으로, 강에서 성과 공원 주변으로 연결되어 있었다. 로잘리는 선장에게 편도 요금을 지불했는데, 돌아갈 때는 간단하게 전차를 이용할 예정이었다. 한편 성의 정원은 강가에서 곧장 이어져 있지 않았다. 잘 손질되고 다듬어진 기품 있는 자연이 나타날 때까지, 그들은 이슬 젖은 풀밭 길을 걸어가야 했다. 벤치가 놓인 원형 화단에서 주목(朱木) 숲까지, 멋진 나무들이 늘어선 가로수 길이 여기저기로 뻗어 있었다. 아직 갈색 장막을 완전히 걷어 내지는 못했지만 나무마다 새순이 돋아나 있었다. 너도밤나무, 주목, 보리수, 칠엽수, 커다란 느티나무 사이로 자잘한 자갈을 깔고 나뭇가지로 아치를 만든 산책로가 있었다. 먼 이국에서 들여온 희귀종 나무들도 풀밭 곳곳에 한 그루씩 심겨 있었다. 외래종의 침엽수들, 양치류 잎사귀 같은 너도밤나무도 보였는데, 키튼은 캘리포니아산 거삼나무, 부드러운 기근(氣根)을 가진 낙우송(落羽松)을 속속 찾아냈다.

로잘리는 그런 구경거리에 별 관심을 보이지 않았다. 자연은 자고로 친숙해야지, 새삼스레 정서에 호소하지 않는다는 것이었다. 이 화려한 정원은 그녀의 자연관에 전혀 어울리지 않았다. 도처에 서 있는 의기양양한 나무들에 거의 눈길도 주지 않은 채 그녀는 말없이 에두아르트 곁에서 젊은 영어 선생과 함께 절뚝이며 걸어오는 안나의 뒤를 따를 뿐이었다. 안나는 꾀를 내서 걸어가는 순서를 바꾸었다. 걸음을 멈추고 동생을 자기 곁으로 불러서, 지금 걷고 있는 가로수 길과, 교차하는 샛길의 이름을 물었다. 이 길은 모두 '부채길', '트럼펫길'처럼 유서 싶은 옛 이름을 쓰고 있었다. 이렇듯 그녀는 에두아르트를 자기 옆에 붙들어 두었고, 켄과 로잘리가 함께 걸어가도록 했다. 공원은 바람이 잦아든 덕분에 강보다 포근했다. 따라서 로잘리는 외투를 벗었고, 켄이 그것을 받아 들었다. 봄 햇살은 높은 나뭇가지 사이로 따스하게 비치며 길 위에 작은 그림자를 만들었고, 얼굴에까지 장난치듯 비추어서 눈이 부셨다.

로잘리는 멋지게 재단한, 젊은이처럼 날씬하게 몸에 딱 맞는 갈색 원피스 차림으로 켄의 옆을 걸어가면서 그가 팔에 걸치고 있는 자기 옷을 희미한 눈길로 미소 지으며 바라보았다. "저기 있다." 부인이 흑고니 한 쌍을 보고 소리쳤다. 한창 은백양나무가 늘어선 수로를 따라 걷고 있는 중이었다. 사람들이 다가오는 모습을 보자 새들은 질척한 수면을 헤엄쳐 왔다. "정말 예뻐. 안나야, 기억나지? 뽐내듯 고개를 쳐든 것 좀 봐! 쟤네들한테 주려고 가져온 빵이 어디 있지?" 키튼이 주머니에서 신문지에 싼 빵을 꺼내 부인에게 건넸다. 빵은 그의 체온으로 따스했다. 부인은 빵을 조금 뜯어서 먹어 보았다.

"오래돼서 딱딱해요." 키튼이 말리려고 했지만 이미 늦었다.

"나는 치아가 좋아." 부인이 대답했다.

고니 한 마리가 물가로 바싹 다가오더니 검은 날개를 홱 펴고 화가 난 듯 사람들한테 목을 내민 채 활개를 쳤다. 새가 질투하는 모양이라며 모두들 웃었지만, 사실은 좀 놀랐다. 곧 새들이 몰려와서 모이를 얻어먹었다. 로잘리가 오래된 빵을 조금씩 던져 주었고, 고니들은 품위 있고 당당하게 다가와서 빵을 받아먹었다.

"걱정스럽네요." 안나가 걸어가면서 말했다. "고니가 모이를 빼앗겼다고 생각하는지, 어머니한테 쉽사리 화를 풀지 않을 것 같아요. 내내 모욕당한 표정이에요."

"그럴 리가 있어?" 로잘리가 대답했다. "내가 전부 먹어 버릴까 봐 잠시 불안했을 거야. 그렇지만 내가 먼저 맛을 봤기 때문에 더 맛있게 먹었을걸."

성 쪽으로 걸어가다가 그들은 성의 그림자를 반사하는 둥근 연못에 이르렀다. 연못 측면에는 버드나무가 한 그루 서 있는 작은 섬이 있었다. 성에는 전면이 약간 튀어나온 별채가 딸려 있었는데, 야외 계단 앞으로 자갈 마당이 있고, 건물은 분홍빛 전면이 떨어져 나간 탓에 대체로 고색창연하게 쇠락해 있었다. 11시에 시작하는 내부 관람을 기다리는 사람들이 박공 문장(紋章)의 도안과 시간을 잊은 채 천사한테 받들린 시계, 입구 위에 돌로 새긴 화환(花環) 등을 안내서의 설명과 비교하면서 쳐다보고 있었다. 로잘리의 일행도 그들 사이에 끼어서 아름답게 장식된 봉건 시대의 건축물과 지붕에 돌출된 편암(片巖) 색깔의 타원형 창문을 바라보았다. 신화에 나오는 반나체의 판[40]과 님프들이 창문 양쪽으로 대리석 위에 늘어서 있었는데, 사암석으로 만든 네 마리 사자상과 마찬가지로 비바람에 상한 상태였다. 사자들은 무서운 표정으로 앞다리를 꼰 채, 야외 계단과 진입로를 엄호하고 있었다.

---

40  그리스 신화의 목양신(牧羊神). 절반은 사람, 절반은 동물의 몸을 하고 있다.

키튼은 역사적 감흥에 빠져들었다. 그는 눈에 띄는 것마다 "스플렌디드!(splendid!)", "익사이팅리 컨티넨탈!(excitingly continental!)"이라고 외쳤다. "오, 디어(Oh, dear), 바다 건너의 나라는 정말이지 재미없어! 거기엔 귀족적으로 우아하게 무너져 가는 것이 없지. 선제후도 없고, 총독도 없고, 그저 절대적으로 자신과 문화의 명예를 위해 휘황찬란할 뿐인 것들의 노예만 있어." 그런데 대담하게도 역사를 사랑하는 키튼이, 시대를 초월해서 위엄 있게 남아 있는 문화재에 불손한 태도를 취했다. 문을 지키는 사자상에 올라타더니 입장을 기다리는 사람들에게 재롱을 부린 것이다. 사자의 엉덩이에는 장난감 말에 붙어 있는 것과 같은 조그마한 돌기가 달려 있었다. 그는 그 돌기를 두 손으로 잡고, "이랴, 가자, 이놈아!(Hi, On, old chap!)", 하면서 맹수에게 박차를 가했다. 젊고 자긍심 넘치는 청년의 모습을 이보다 더 매력적으로 표현할 수는 없다. 안나와 에두아르트는 어머니를 쳐다보지 않으려고 애써 외면했다.

빗장이 삐걱 소리를 내자 키튼은 급히 사자에서 내려왔다. 안내인이 나타났는데, 비어 있는 왼팔 소매를 걷어 올린 모습이었다. 군복 바지를 입은 모습으로 보아 상이군인이었다. 국가가 이처럼 한적한 직장을 그에게 지원해 준 모양이었다. 안내인은 정문의 한쪽 문을 열어서 관람객을 입장시켰다. 그는 높은 문틀 안에 선 채 관람객을 자기 앞으로 지나가게 했는데, 손님에게 입장권을 내주면서 한 손으로 절반을 찢었다. 그러고는 입을 비틀면서 쉰 목소리로, 지금까지 몇백 번이고 반복했을 설명을 시작했다. 건물 정면의 조각은 선제후가 로마에서 초청해 온 조각가의 손으로 완성해 낸 것이고, 성과 정원은 프랑스 건축가의 작품으로 라인강 변에서 가장 중요한 로코코식 건물로 인정받는다고 했다. 사실 이 점은 이미 루이 16세 스타일로 넘어간 외장을 보면 쉬이 알 수 있고, 성 안쪽의 방은 크고 작은 것을 전부 합해서 55실, 총 공사 비용은 80만 탈러[41]가 들었다고 덧붙였다.

입구에선 곰팡내가 나고 한기(寒氣)마저 돌았다. 보트처럼 큼지막한 모직 슬리퍼가 즐비하게 놓여 있었는데, 여자들은 킥킥 웃으며 그 슬리퍼를 신었다. 소중한 마루를 보호하기 위한 조치로, 사람들은 슬리퍼를 질질 끌고 미끄러지면서 한창 설명하고 있는 외팔의 안내인을 따라갔다. 솔직히 가장 볼만한 것은 그곳의 바닥이었다. 방마다 바닥무늬가 다 달랐는데, 중앙에는 다양한 꽃무늬가 별 모양을 이루고 있었다. 조용한 수면처럼 반짝이는 바닥은 사람들의 음영과 둥글게 휘어진 화려한 가구의 그림자를 비추었다. 꽃무늬로 휘감긴 금빛 기둥과 금빛 테를 두른 꽃무늬 비단 벽지 사이에 자리한 높다란 거울이 화려한 샹들리에와 아름다운 천장 그림, 문 위에 걸린 수렵이나 음악 공연의 메달과 엠블럼을 비추었다. 그래서 드러나지 않은 부분이 많음에도 착시 탓에 방은 매우 넓어 보였다. 돈 아까운 줄 모르는 사치와 향락에 대한 무한한 의지는 아름다운 황금빛 곡선의 작품들로부터 엿볼 수 있었다. 그런 의지를 지배하고 통제할 수 있는 것은 이런 사치품을 만들어 낸 당대의 확고한 심미안뿐이었으리라. 벽감에 아폴론과 뮤즈 여신상이 둘러선 원형 연회장의 바닥은 목재가 아니라 대리석이었고, 벽도 마찬가지였다. 천장은 반원형으로, 광선을 들이기

---

41  15세기 무렵부터 19세기까지 사용된 독일의 은화.

위한 작은 창이 나 있었다. 분홍빛 나체 동자상(童子像)이 그려진 휘장을 원형 돔에서 잡아당기면 창으로 광선이 들이치고, 안내인의 설명에 따르면, 과거에는 돔의 회랑에서 악사들이 아래쪽 연회석의 손님들에게 음악을 연주했다고 한다.

켄 키튼은 폰 튀믈러 부인의 팔꿈치를 잡고 다녔다. 차도를 지날 때면 미국 남성들은 으레 여성에게 그렇게 한다. 두 사람은 안나와 에두아르트로부터 제법 떨어져서, 모르는 사람들 사이에 낀 채 안내인을 바짝 따라갔다. 안내인은 쉰 목소리의 무미건조한 말투로 교과서를 읽는 듯 독일어를 쏟아 냈고, 관람객에게 앞으로 보게 될 장관을 미리 설명했다. 관람객들이 이 성의 모든 부분을 볼 수는 없노라고, 그가 말했다. 성의 쉰다섯 개 방이 전부 다 개방되지는 않았다면서, 무뚝뚝하고 빈정대듯 설명했는데, 자기 말이 결코 농담이 아니라는 양 약간 비틀린 입으로 표정을 조금도 바꾸지 않은 채 선언했다.

"옛날의 높으신 분들은 놀리고 장난치기를, 그리고 비밀과 숨기를 좋아한 것 같습니다. 이 방에도 여러 가지 장치를 해서 아무도 모르는 밀실이나 몹쓸 짓을 하기에 적당한 비밀 장소를 만들어 놓았으니까요. 그런 데는 별도의 장치가 있어서 모르는 사람이라면 결코 안으로 들어갈 수 없습니다. 예를 들면 여기에도 그런 장치가 있습니다." 그는 이렇게 말하면서 벽거울 앞으로 가더니 작은 용수철을 누르자 거울이 옆으로 미끄러졌고, 놀랍게도 그 뒤로 섬세하게 세공한 난간을 두른 나선형 계단이 나왔다. 계단 아래의 왼편에는 남성 토르소가 받침대 위에 놓여 있었는데, 머리에는 화관을 쓰고 잎으로 된 야릇한 가리개를 한 채, 상체를 약간 뒤로 젖히고 염소수염이 있는 입가에 음탕한 미소를 머금고서 아래를 내려다보고 있었다. 여기저기서 우와, 오호, 소리가 터져 나왔다. "대충 이런 식입니다." 안내인은 입버릇처럼 대꾸했고, 마술 거울을 도로 바로 세워 놓았다. "그리고 이런 것도 있습니다." 그는 걸어가면서 겉보기에 별것 아닌 듯 보이는 비단 벽지의 일부를 열어 비밀 통로를 보여 주었다. 그 문 뒤에는 어디로 통하는지 알 수 없는 공간이 자리하고 있었다. 곰팡내가 났다. "그분들께서는 이런 것을 좋아했습니다."라고 안내인이 말했다. "시대가 바뀌면 풍속도 바뀌죠." 그는 무미건조하게 덧붙이더니 안내를 이어 갔다.

보트 모양의 모직 슬리퍼가 자꾸 발에서 벗겨지려고 했다. 폰 튀믈러 부인은 결국 한쪽 슬리퍼를 발에서 놓쳤다. 그것은 바닥에서 미끄러지더니 상당히 멀리 사라져 버렸다. 키튼이 웃으면서 슬리퍼를 집어다가 무릎을 꿇고 신겨 주는 동안, 두 사람은 다른 관람객들보다 뒤처졌다. 키튼이 다시 부인의 팔꿈치를 잡았지만 부인은 앞의 방으로 사라지는 사람들을 바라보며 꿈꾸는 듯한 미소만 지은 채 그대로 서 있었다. 그의 손에 기댄 그녀가 몸을 돌려서 아까 열렸던 벽지 문에 성급하게 손을 댔다.

"그쪽이 아니에요." 영어로 그가 낮게 말했다. "제가 할게요. 여기예요." 켄이 용수철을 찾아냈고, 문이 열리자 비밀 통로의 곰팡내가 진동했다. 두 사람은 몇 발짝 앞으로 나아갔고, 사방이 캄캄했다. 로잘리가 깊은 곳에서 터져 나오는 한숨과 함께 젊은이의 목을 양팔로 껴안자, 그 역시 기쁘게 부인의 떨리는 몸을 안았다. "켄, 켄." 그의 목에 얼굴을 묻으며 그녀가 속삭였다. "사랑해, 사랑해, 알고 있지? 더 이상 감출 수 없어. 나를 조금은, 아주 조금은 사랑하지? 머리가 희끗한 나를,

자연이 사랑하듯 말이야. 말해 봐, 그렇게 젊은데 나를 사랑할 수 있어? 그럴 수 있어? 응? 이 입술, 청춘의 이 입술을 내가 얼마나 애타게 그리워했는지 몰라, 사랑스러운 이 입술을. 그래, 그랬어. 키스해도 돼? 응, 나 할 수 있어, 당신이 나를 소생시켰어. 당신처럼, 나 뭐든지 다 할 수 있어. 켄, 사랑은 강한 거야, 기적이야, 사랑이 나한테 엄청난 기적을 일으켰어. 키스해 줘, 어서. 그 입술을 바라보며 나는 너무나 애를 태웠지. 얼마나 애태웠는지 몰라. 내 한심한 머리는 이런저런 어리석은 생각에 빠졌었어. 자유나 방종은 내 일이 아니라고, 생활의 일탈과 타고난 신념이 갈등을 일으키면 내가 망가지리라고 걱정했지. 아, 켄, 그런 어리석은 생각으로 스스로를 망치면서 당신을 애타게 그리워하다가 나는……. 하지만 이제 여기에 당신이 있어, 드디어 당신을 붙잡았어. 여기, 내 앞에 당신의 머리, 여기에 당신의 입, 당신 코의 숨결, 나를 안고 있는 당신의 팔, 내가 아는 당신의 듬직한 팔이 여기에 있어. 내가 느껴 본 당신 몸의 온기가 여기 있어. 그것 때문에 고니가 나를 질투했지."

로잘리는 남자에게 완전히 매달린 채 거의 쓰러질 지경이었다. 그가 부인을 부축해서 복도로 나가자, 눈이 조금 환해지는 듯했다. 계단 아래로 내려가니 문의 아치가 나타났고, 흐릿한 빛 뒤쪽으로 벽감이 드러났다. 벽감의 융단에는 주둥이를 맞댄 한 쌍의 비둘기가 수놓여 있었다. 작은 소파가 있었고, 나무로 깎은 에로스가 눈을 가린 채 한 손에 횃불을 들고 있었다. 두 사람은 그 어둠 속에 앉았다.

"맙소사, 죽음의 공기 같아." 로잘리가 그의 어깨에 기대며 몸을 떨었다. "정말 슬퍼, 사랑하는 켄, 우리가 여기, 죽은

자들 곁에서 만나는 것 말이야. 나는 선한 자연의 무릎에서, 자연의 향기가 불어오는 곳, 재스민과 감탕나무의 달콤한 숨결 속에서 너를 만나기를 꿈꾸었어. 이런 무덤 속이 아니라, 그런 곳에서 첫 키스를 해야 하는데. 싫어, 싫다고, 당신 나빠, 하자는 대로 할게, 그렇지만 곰팡내 속에서는 싫어. 내일 내가 당신한테 갈게. 당신 방으로, 내일 오전 중에. 오늘 저녁도 좋아. 꾀를 내서 약은 체하는 안나를 떼어 버릴게."

그가 약속했다. 두 사람은 행렬의 앞이나 뒤쪽에서 다른 사람들과 합류하기로 했다. 키튼이 앞쪽으로 가자고 제안했다. 그들은 다른 쪽 문으로, 죽음이자 쾌락의 방을 빠져나갔다. 캄캄한 복도가 다시 나타났고, 구부러진 계단을 올라가자 마침내 녹이 슨 어느 문 앞에 도달했다. 켄이 힘차게 흔들어 밀자 문은 간신히 열렸다. 바깥쪽으로 거의 뚫고 지나갈 수 없을 만큼 질긴 칡넝쿨이 잔뜩 엉켜 있었다. 바람이 불어왔고, 물소리도 들렸다. 넓은 화단 뒤로 인공 폭포가 있고, 화단에는 봄의 꽃, 노란 수선화가 피어 있었다. 성의 후원(後園)이었다. 그때 오른쪽에서 관람객들이 몰려왔다. 안내인은 이미 사라졌고, 안나와 동생이 맨 마지막으로 걸어오고 있었다. 두 사람은 앞쪽으로 슬쩍 가서 합류했는데, 다른 사람들은 이미 폭포수 쪽이나 나무가 우거진 공원 방향으로 흩어지고 있었다. 두 사람은 걸음을 멈추고 뒤를 돌아보며 남매 곁으로 다가갔다. "어디들 있었어?"라고 묻자 "우리가 물어보고 싶은 말이에요.", "어떻게 눈앞에서 사라졌어요?"라고 되물었다. 안나와 에두아르트는 두 사람을 찾으러 되돌아가기까지 했다고 말했다. 그런데도 없더라고 말이다. "그래도 세상에서 사라진 것은 아니었군요."라고 안나가 말했고, 로잘리는 "너희도 그래."

라고 대꾸했다. 서로 상대를 쳐다보지 않은 채였다.

철쭉 덤불 사이를 지나 성의 측면을 걸어서 그들은 다시 전차 정류장이 자리한, 성 전면의 연못으로 돌아왔다. 성에 올 때는 배를 타고 라인강을 거슬러 오느라 시간이 많이 걸렸지만, 돌아가는 길엔 공장 지대와 노동자 주거 구역을 가로지르는 전차를 이용했으므로 금방 당도할 수 있었다. 남매는 가끔 서로, 또는 어머니와 대화를 주고받았다. 안나는 잠시 어머니의 손을 잡았다. 손이 떨리고 있음을 보았기 때문이었다. 시내에 도착한 뒤, 그들은 쾨니히가 근처에서 헤어졌다.

폰 튀믈러 부인은 켄 키튼에게 가지 않았다. 그날 밤이 지나고 아침 무렵에, 그녀는 무섭게 시달렸고, 그 바람에 집 안에서는 난리가 났다. 처음 돌아왔을 때는 부인을 그다지도 자랑스럽고 행복하게 해 주었던 것, 부인 스스로 자연의 기적, 감정의 귀한 업적이라고 칭찬했던 그것이, 이번에는 아주 위험하게 다시 나타났다. 가까스로 벨을 눌렀지만, 딸과 하녀가 달려왔을 때 부인은 벌써 피를 흘리며 의식을 잃은 상태였다.

오버로스캄프 박사가 바로 달려왔다. 그 덕에 정신을 차린 부인은 의사가 왔음을 이상하게 생각했다.

"어머나, 어떻게 여기를?" 부인이 말했다. "안나가 선생님을 모셔 왔나요? 여자에게 생기는 그것이 왔을 뿐이에요."

"부인, 경우에 따라서는 증상을 좀 살펴봐야 합니다." 백발의 의사가 침착하게 말했다. 그리고 안나에게, 환자를 구급차에 태워서 산부인과 병원으로 옮기라고 일렀다. 대수롭지 않은 일일 수도 있지만 세밀하게 진찰해 볼 필요가 있다고 말했다. 그의 이야기에 따르면, 예전의 자궁 출혈과 경악스러운 두 번째 출혈은 근종 때문인 것 같은데, 수술로 어렵지 않게 제거할 수 있는 질환이라고 했다. 대학 병원의 수석 외과의인 무테지우스 교수에게 안심하고 맡기면 된다고 말이다.

그의 지시대로 진행되었다. 폰 튀믈러 부인은 아무런 반대도 하지 않았다. 안나는 모든 상황이 기이하게 느껴졌다. 어머니는 자신에게 일어나는 일을 그저 커다란 눈으로 멍하니 바라볼 뿐이었다.

무테지우스 교수의 자궁 쌍합압박법(雙合壓迫法)으로 진찰한 결과, 환자의 자궁은 나이에 비해 너무 크고, 나팔관을 따라서 불규칙적으로 두꺼워진 조직이 보이며, 난소는 아주 줄어든 대신 기형의 종양이 발견되었다. 결국 소파 검사 끝에, 암세포가 발견되었다. 특성상 부분적으로 난소에서 전이된 듯하지만, 다른 병변을 보면 현재 자궁 안에서 암세포가 엄청나게 증식하고 있음이 확실했다. 급격한 암 증식에 동반하는 무시무시한 증세가 모조리 밝혀진 것이다.

교수는 이중 턱에, 엄청 붉은 얼굴, 감정과 관계없이 눈물 맺힌 푸른 눈을 하고 있었는데, 이윽고 현미경에서 얼굴을 들었다.

"상당히 악화됐어." 그가 조수인 크네펠게스 박사에게 말했다. "그래도 수술을 해야지, 크네펠게스. 골반의 마지막 연결 조직까지 전부 제거하도록 하지. 림프선까지 손댄다면 아마 생명을 연장할 수 있을 거야."

하지만 아크등의 흰 불빛 아래서 이루어진 복강 절개는, 의사들과 간호사들로 하여금 일시적 회복에 대한 희망조차 앗아 갈 만큼 참담한 모습을 보여 주었다. 일시적 회복이라도 바랄 수 있는 시기는 이미 지난 지 오래였다. 골반 안의 모든 장기에 이미 불행의 그림자가 엄습해 있었다. 복막은 맨눈으로 보기에도 잔혹한 암세포한테 정복당했고, 림프샘의 모든 선은 암세포 탓에 비대해져 있었다. 암세포가 간까지 전이되었음이 확실했다.

"정말 심각하군. 크네펠게스." 무테지우스 교수가 말했다. "자네도 이 정도까지는 생각하지 못했을 거야." 그는 자신도 예상하지 못했노라고는 말하지 않았다. "우리의 고귀한 기술도 말이야." 의미 없는 눈물을 글썽이며 그가 말했다. "아무런 기대도 할 수 없어. 모두 다 적출할 수는 없어. 양쪽 요관(尿管)까지 다 전이된 걸로 봤다면 자네가 제대로 본 거야. 이제 머지않아 요독증까지 나타날 거야. 그런데 말이야, 자궁 자체가 이 탐식적인 세포들을 만들어 냈음을 부인하지는 않겠네. 자네도 내 가설을 인정해야 할 걸세. 그러니까 이 파국이 난소에서 시작된 거야. 출생부터 그 자리에 가만히 있다가 갱년기 이후에 모종의 알 수 없는 이유로 악성화된, 과립형의 미사용 세포들 말이야. 그 기관이 뒤늦게 에스트로겐 호르몬으로 덮이고, 아예 흐르고 넘쳐서 자궁 점막의 이상 비대와 거기에 필연적으로 수반되는 출혈을 불러왔지."

자존심과 자의식이 강한 데다 비쩍 마른 크네펠게스는 내심 빈정대면서도, 선배의 가르침에 감사하며 깍듯이 경의를 표했다.

"자, 시작하세. 뭐라도 한 걸로 보여야 하니까." 교수가 말했다. "생사는 환자한테 맡기세. 이런 경우엔 우울한 결론뿐이겠지만."

위층 병실에서 수술이 끝나기를 기다리던 안나 앞으로 어머니가 나타났다. 로잘리는 들것에 실린 채 승강기로 운반되

었고, 간호사들 손에 침대로 옮겨졌다. 마취에서 깨어난 로잘
리는 희미한 목소리로 말했다.

"안나야, 애야, 나한테 요란하게 달려들었어."

"누구요, 엄마?"

"흑고니 말이야."

그러더니 곧 잠이 들었다. 그 뒤로 이삼 주 동안, 로잘리는
이따금 고니를 생각해 냈다. 피처럼 빨간 주둥이, 검은 날개
로 활개를 치던 고니를. 고통은 짧았다. 요독증으로 인한 혼수
상태 탓에 곧 의식을 잃었고, 쇠약한 심장은 양쪽 폐에 폐렴이
생기자 며칠을 견디기조차 어려울 정도였다.

임종하기 두세 시간 전에, 의식이 한차례 명료해졌다. 환
자는 눈을 뜨더니 딸을 쳐다보았다. 딸은 어머니의 손을 잡고
침대 곁에 앉았다.

"안나야," 로잘리는 입을 열면서 상반신을 조금 침대 가장
자리로, 딸 쪽으로 가까이 움직였다. "내 말, 듣고 있니?"

"그럼요, 엄마, 듣고말고요."

"안나야, 자연이 사람을 기만한다느니, 조롱하며 잔인하
게 군다느니 그런 말은 하지 말아라. 내가 그러지 않았듯이 너
도 자연을 비난하지 마. 나는 떠나기 싫어. 너희들로부터, 봄
이 있는 삶으로부터 말이야. 하지만 죽음이 없다면 어떻게 봄
이 있겠니. 죽음이야말로 삶의 위대한 수단이야. 나한테는 죽
음이 부활과 사랑의 기쁨으로 나타났는데, 그건 기만이 아니
라 호의이고 은총이었어."

한 번 더 몸을 딸 쪽으로 움직이며 그녀가 희미해져 가는
목소리로 속삭였다.

"자연, 나는 항상 자연을 사랑했어. 그리고 자연도, 자기

자식한테 사랑을 주었어."

　로잘리는 평온한 죽음을 맞이했다. 그녀를 아는 사람 모
든 이들이 그 죽음을 애도했다.

# 루이스헨

**1**

뛰어난 문학적 상상력으로도 도무지 상상해 낼 수 없는 결혼이 있다. 연극에서 용납되듯이, 늙고 어리석은 인물과 아름답고 생기발랄한 인물처럼 극명하게 대조되는 한 쌍이 모험적으로 결합하더라도 그저 의혹 없이 수용해야 하는 것이 있다. 그런 설정은 (연극의) 전제가 되기도 하고, 특히 익살극에서라면 수학적 구성의 토대가 되기도 한다.

변호사 야코비의 아내로 말하자면 예쁘고 젊고 굉장히 매력적인 여자다. 삼십 년 전에는 안나, 마르가레테, 로자, 아말리에라는 여러 세례명으로 불렸지만, 차차 이 이름들의 첫 글자를 합쳐서 암라라고 했다. 이 이국적인 이름은 그녀의 용모와도 딱 어울렸다. 좁은 이마의 양쪽으로 가르마를 타서 넘긴 머리칼은 숱이 많고 부드럽게 그윽한 밤색이었다. 완벽하게 남국을 연상시키는 피부 빛깔은 흐릿한 연갈색으로, 얼굴은 찬란한 햇살에 무르익은 듯했고, 무감각하고 나른하고 풍

만한 몸매는 술탄의 왕비 같았다. 관능적이고 느리게 움직이는 동작 하나하나에서 풍기는 인상에 걸맞게, 그녀는 지성보다 감성에 속할 가능성이 높았다. 그녀가 예쁜 갈색 눈썹을 특이하게, 매력적인 좁은 이마 위로 고르게 치켜뜨면서 무구한 갈색 눈동자로 누군가를 쳐다보면, 상대방은 이 여자가 머리보다 가슴에 치우친 사람임을 금방 알아차릴 수 있었다. 하지만 그녀는 자기가 가슴에 비해 머리가 뒤진다는 사실을 모를 정도로 단순하지는 않았다. 그래서 말을 삼감으로써 약점이 노출되는 일을 피했다. 예쁘면서 좀처럼 입을 열지 않는 여자에 대해서는 아무도 이의를 제기하지 않는 법이니 말이다. 아, 그런데 단순하다는 말, 이것이야말로 그녀에게는 전혀 어울리지 않는 말이었다. 그녀의 눈빛은 맹하기커녕 모종의 음탕한 교활함을 풍겼는데, 그녀가 화(禍)를 불러오고도 남을 여자임을 쉬이 알 수 있었다…… 용모에 관해 조금 더 이야기해보자면, 그녀의 코는 옆 선이 너무 강하고 살집도 많아 보였지만, 도톰하고 커다란 입술은 관능적이라는 말로밖에 달리 표현할 수 없을 정도로 완벽하게 아름다웠다.

이 불길한 여자는 마흔 살쯤 된 변호사, 야코비의 아내였다. 그런데 그녀의 남편을 본 사람은 모두 놀라지 않을 수 없었다. 이 변호사는 뚱뚱했는데, 그냥 뚱뚱한 정도가 아니라 엄청난 거구였다. 항상 회색 바지 속에 감춰진 그의 다리는 원통처럼 밋밋해서 코끼리 같았고, 피하 지방 때문에 둥그렇게 부푼 그의 등은 곰 같았다. 불룩하게 나온 배 위로 독특한 회녹색 재킷을 자주 입었는데, 단추 하나로 간신히 잠가 놓았기에 단추를 풀기가 무섭게 양쪽으로 갈라져서 어깨까지 말려 올라갔다. 이 우람한 몸통 위로 목은 잘 보이지 않았고, 자그마한 머리통이 얹어져 있었다. 가느다란 눈은 촉촉하고 코는 펑 퍼짐했으며, 양쪽 뺨은 살의 무게를 이기지 못해서 축 늘어졌 고, 그 가운데로 입꼬리가 슬프게 처진 작은 입이 숨어 있었 다. 둥근 머리통과 코 아래에는 밝은 금빛의 뻣뻣한 털이 듬성 듬성 나 있었는데, 맨살 여기저기 털이 무성했으므로 마치 비 만한 개처럼 보였다……. 아, 변호사의 이 비대한 몸이 건강하 지 않으리라는 점은 누가 봐도 쉬이 알 수 있었다. 키로 보나 몸집으로 보나 그의 엄청난 몸뚱이는 근육이라고는 찾아볼 수 없는 지방 덩어리였고, 가끔 부어오른 얼굴로 피가 쏠렸다 가 돌연 핼쑥해지기도 했다. 그럴 때면 입은 대개 불쾌하게 일 그러졌다…….

그는 변호사 업무를 쉬엄쉬엄 처리했다. 안 그래도 아내 가 상당한 부자인 데다 자식도 없었기 때문에 이 부부는 카이 저가(街)의 건물 한 층에서 편하게 살았고, 사람들과 활발히 교제했다. 전적으로 부인 쪽의 취향을 따랐고, 괴로운데도 마 지못해 사교에 응해야 하는 변호사로서는 그런 생활에서 행 복하기가 불가능했다. 이 뚱보 사내의 성격은 몹시 특이했다. 이 사람만큼 누구한테나 정중하고 공손하고 양보 잘하는 사 람은 없을 정도였다. 그런데 꼬집어 말하기 뭣하지만 그의 지 나친 친절이나 아첨하는 태도에는 무언가 이유가 있었다. 다 시 말해서 그는 소심함과 내적 불안감 때문에 그런 태도를 취 했는데, 바라보노라면 별로 유쾌하지 않았다. 자신을 비하하 고 비겁함과 허영심으로 남한테 잘 보이려 하고, 타인의 마음 에 들고자 애쓰는 것만큼 흉한 짓은 없다. 그런데 확신하건대, 이 변호사의 경우가 딱 그랬다. 그는 엎드려서 기어갈 만큼 자 기 비하가 심해서 누구나 가져야 하는 개인적 품위조차 지키지 못했다. 어떤 여성을 자기 테이블에 앉히려고 할 때면 늘 이런 식으로 말할 정도였다. "부인, 제가 별 볼 일 없는 인간이지만 감히 부탁드리니 여기 앉아 주시겠습니까?" 게다가 스스로를 조롱하는 넉살마저 없었기 때문에 그가 이런 말을 할 때면 씁쓸하고 고통스럽고 거북하기만 했다. 다음의 일화 역시 실제로 있었던 일이다. 어느 날 변호사가 산책하는데, 난폭한 짐꾼 하나가 손수레를 끌고 오다가 한쪽 바퀴로 그의 발등을 세게 누르고 지나갔다. 짐꾼이 뒤늦게 수레를 멈추고 돌아보자, 변호사는 어쩔 줄 몰라 하며 창백한 얼굴로 뺨을 떨면서 모자를 벗은 뒤 깊숙이 머리를 숙여 절을 했다. 그러고는 오히려 "죄송합니다."라고 말을 더듬으며 사죄했다. 이런 일을 당하면 화를 내는 게 정상이다. 그런데도 이 유별난 뚱보는 계속 양심의 가책에 시달리는 것 같았다. 아내와 함께 이 도시의 주요 산책로, 레르헨베르크 길을 걸을 때면 그는 놀라울 정도로 경쾌하게 거니는 아내 암라에게 이따금 소심한 눈길을 던지면서 온 사방을 향해 초조한 얼굴로 열심히 인사를 했다. 그러다가 하급 장교라도 나타나면 겸손하게 굽실거리면서, 자기 같은 인간이 미인을 아내로 두었음을 사죄라도 하는 양 굴었다. 괴로워하면서 친절한 표정을 만들어 내는 그의 입은 제발 비웃지 말아 달라고 애원하는 듯했다.


## 2


앞서 언급했듯이 왜 암라가 변호사 야코비와 결혼했는지는 그냥 넘어가겠다. 아무튼 야코비는 그녀를 사랑했는데, 그런 몸집의 사람들한테서 찾아보기 어려운 열렬한 사랑으로, 그의 성격에 어울리는 굴욕적이고 소심한 사랑이었다. 한밤중에 암라가 주름 잡힌 꽃무늬 커튼을 늘어뜨리고 창문이 높은 큰 침실에 누워서 쉬고 있으면 변호사는 조심스레 방으로 들어왔다. 발소리가 안 들리게, 바닥하고 가구를 천천히 스치는 소리만이 들리도록 그는 조용히 아내의 묵직한 침대 옆으로 다가와서 무릎을 꿇고 한없이 사랑스러운 표정으로 암라의 손을 잡았다. 그럴 때면 암라는 눈썹을 이마 위에 수평으로 치켜뜨고, 취침등의 희미한 불빛에 비치는 꿇어앉은 남편의 모습을, 욕정을 풀지 못해서 성난 눈빛으로 묵묵히 바라보았다. 남편은 떨리는 둔한 손으로 아내의 잠옷 소매를 조심스럽게 밀어 올리고, 슬픈 하마 같은 얼굴을 아름다운 갈색 팔의 부드러운 속살에, 다시 말해 팽팽한 갈색 팔뚝과 경계를 이루는 하얀 피부, 푸르스름한 핏줄이 보이는 곳에다 파묻었다. 그러고는 기어드는 떨리는 목소리로, 제정신인 사람이라면 평소에 도저히 할 수 없는 말을 속삭였다. "암라, 여보 암라, 혹시 내가 방해한 건 아니지? 아직 잠들지 않았지? 여보, 나는 하루 종일 당신이 얼마나 아름다운지, 내가 당신을 얼마나 사랑하는지 그 생각만 했어요……. 내 말을 잘 들어 봐요, 무슨 말을 해야 할지 잘 모르겠지만…… 나는 당신을 정말 사랑해요. 그래서 가끔 심장이 오그라드는 것 같고 어떡해야 할지 모르겠어요. 내 기력으로는 도저히 감당할 수 없을 만큼 나는 당신을 사랑해요. 당신은 이해하지 못하겠지만 언젠가 내 말을 믿게 될 거예요. 그러니 단 한 번만이라도 나한테 고맙다고 해 줘요. 당신에 대한 내 사랑이야말로 인생에서 가장 가치 있는 것이니 말예요……. 그리고 비록 당신이 날 사랑할 수 없어도 날 배신하거나 속이지는 않겠다고 말해 줘요. 내 사랑에 대한 고마움의 표시로, 그저 고마움의 표시로 말이에요……. 내가 당신을 이렇게 찾아온 까닭은 이걸 간청하기 위해서요. 제발, 진심으로 부탁합니다……." 이런 얘기는 대부분 변호사가 자세를 바꾸지 않고 꿇어앉은 채 소리 죽여서 흐느끼다가 끝나곤 했다. 그러면 암라도 마음이 약해져서 남편의 뻣뻣한 머리를 쓰다듬으며, 마치 주인의 발을 핥으려고 다가오는 개를 대하듯 발음을 길게 빼면서 몇 마디 이렇게 건넸다. "그러엄, 그러엄, 이 짐승 같으니."

암라의 태도는 확실히 도리에서 어긋나 있었다. 이쯤에서 내가 지금껏 숨겨 온 진실을 밝힐 때가 된 것 같다. 바로 암라가 남편을 속이고 있다는, 알프레트 로이트너라는 남자와 함께 남편을 배반했다는 사실이다. 그 남자는 재능 있고 젊은 음악인으로, 재미있고 짤막한 악곡을 작곡해서 스물일곱의 나이에 이미 상당한 명성을 누리고 있었다. 이 청년은 근사한 몸매에 당돌한 얼굴, 편하고 세련된 금발을 지녔고, 눈에는 극히 의도적인 환한 웃음을 담고 있었다. 그는 요즘에 흔히 보이는, 하찮은 예술가 무리에 속했다. 스스로에게 별로 많은 것을 요구하지 않고, 일단 행복하고 사랑스러운 인간이 되고자 자신의 매력을 돋보이게 하는 잔재주를 이용하는 예술가, 사람들과 어울릴 때만 순진한 천재 행세를 하는 그런 예술가 부류였다. 이들은 일부러 순박하게 굴지만, 실상 비도덕적이며 양심의 가책을 모르고 거리낌 없이 유쾌한 데다 자만심만 강하고, 심지어 불미스러운 병에 걸려도 그것을 즐길 정도로 건강했다. 이들의 허영심은 상처받지만 않는다면 사랑스럽기까지 했다. 그러므로 이런 행복한 인간들과 모방꾼들은 심각한 불행이 닥쳐서 더 이상 희희낙락할 수 없는 고통에 빠지지 않도록 조심해야 했다. 이들은 의연하게 불행을 감내하는 법을 몰랐으므로, 고통에 빠지면 '무슨 일을 해야 할지'조차 몰라서 속수무책으로 파멸하고 만다……. 이 이야기는 이 정도까지만 하자. 아무튼 로이트너 씨는 제법 괜찮은 곡들을 발표했는데 주로 왈츠와 마주르카였다. 왈츠와 마주르카 춤을 즐기는 여흥은 상당히 대중화되어 있으므로, 만일 이런 춤곡에 단 한 소절이라도 독창적인 부분을 삽입하지 않는다면 (내가 이해하는 한) 그런 춤곡을 '음악'이라고 보기는 힘들다. 모든 작곡가가 사소하지만 독자적인 장점을 보유하고, 도입부와 경과부의 화음을 이루는 전환, 재치와 창의성이 돋보이는 매혹적인 효과로 음악을 만들어 내서 진지한 전문가들의 관심을 끌 수 있는 것은 아니다. 종종 이 고독한 춤곡들은 묘하게 애처롭고 우울하며, 애수에 젖은 느낌을 자아내다가 갑자기 무도장의 흥겨운 분위기로 넘어갔다…….

아무튼 암라 야코비는 이 젊은이한테 정신없이 빠져 있었고, 청년 역시 그녀의 유혹을 뿌리칠 만큼 품행이 올바른 인물은 아니었다. 이런저런 자리에서 마주친 두 사람은 밀회를 즐겼고, 수년 전부터 불륜 관계였다. 온 도시의 사람들이 둘의 관계를 알았고, 변호사의 등 뒤에서 수군거렸다. 그럼 변호사는 어땠을까? 암라는 도덕적으로 둔한 여자라서 양심의 가책 탓에 괴로워하지 않았고, 죄의식에 못 이겨 발설할 일도 없었다. 철저하게 아무 일 없는 듯 행동했기 때문에 변호사 남편은 근심과 걱정으로 마음을 졸이면서도 아내한테 아무런 의심조차 품을 수 없었다.

**3**

이 고장에도 모두의 마음을 들뜨게 하는 봄이 찾아왔고,
암라는 아주 기발한 생각을 떠올렸다.

"크리스티안!" 그녀가 말했다. 변호사 남편의 이름은 크리
스티안이었다. "우리 파티 열어요. 새로 익은 봄 맥주를 축하
하는 의미에서 성대한 파티 열어요. 간단하게, 그냥 송아지 구
이만 준비하고 사람들을 많이 불러요."

"좋죠." 변호사가 말했다. "그런데 일정을 조금 미루면 어
떨까요?"

암라는 아무 대꾸도 없이 곧장 세부적인 얘기를 늘어놓았
다.

"여보, 공간이 좁아 보일 정도로 손님을 많이 초대해야 해
요. 큰 건물, 정원하고 출입문이 딸린 홀도 있어야 해요. 자리
도 넉넉하고, 맑은 공기도 쐬려면 말이에요, 알겠어요? 일단
나는 레르헨베르크 끝자락에 자리한 벤델린 씨의 대형 홀을
생각해 봤어요. 야외 공간도 있는 데다가, 주방하고 비어홀이
한 통로로 연결되어 있잖아요. 홀을 축제처럼 멋지게 장식하
고, 긴 테이블도 놓고 햇맥주를 마시는 거예요. 거기서라면 춤
도 추고 음악도 연주하고 공연도 좀 할 수 있어요. 내가 알기
로 작은 무대도 있어요. 그래서 좋아요⋯⋯. 한마디로 아주 특
별한 파티가 될 거예요. 우리 한번 신나게 놀아 보죠." 암라가
이렇게 말하는 동안, 변호사의 얼굴은 약간 노랗게 되어서 입
언저리가 아래로 실룩거렸다. 그가 말했다.

"정말 좋아요, 여보, 암라. 당신은 뭐든 잘하니까 다 맡기
도록 할게요. 당신이 준비를 맡아서 해 줘요."

**4**

암라는 열심히 준비했다. 다양한 사람들과 상의하고, 직접 벤델렌 씨의 대형 홀을 빌리고, 몇몇 인사들로 일종의 위원회까지 꾸렸는데, 이들은 축제를 빛내 줄 유쾌한 공연에 초청되거나 자청한 사람들이었다…… 이 위원회에 속한 사람들은, 가수이자 궁정 극단의 배우인 힐데브란트의 아내를 제외하면 전부 남성들이었다. 힐데브란트 씨도 위원이었고, 그 밖에 법원 연수생 비츠나겔, 젊은 화가, 그리고 알프레트 로이트너 등이 포함되었다. 그리고 비츠나겔이 소개해 준 대학생 몇 명이서 흑인 춤을 추기로 했다.

암라가 파티를 결정한 지 일주일 만에 위원회는 회의를 하고자 카이저가에 위치한 암라의 살롱에 모였다. 살롱은 가구들이 들어찬 아늑하고 따뜻한 공간으로 두툼한 양탄자, 쿠션이 여러 개 놓인 긴 소파, 야자나무, 영국식 가죽 의자, 다리가 활처럼 굽은 마호가니 테이블이 놓여 있었다. 테이블에는 플러시[42] 덮개가 깔려 있었고, 그 위로 갖가지 세공품들이 놓여 있었다. 벽난로엔 아직도 불을 조금 때고 있었다. 검은색 석판에는 맛있게 속을 채운 버터빵이 놓인 접시 몇 개와 유리잔, 그리고 셰리주를 담은 유리병 두 개가 놓여 있었다. 암라는 야자나무 그늘이 드리운 긴 소파에서 쿠션에 기댄 채 다리를 꼬고 앉아 있었는데, 포근한 밤처럼 아름다웠다. 밝은색의 가벼운 실크 블라우스가 가슴을 가렸고, 스커트는 큰 꽃을 수놓은 무겁고 짙은 색의 천으로 만든 것이었다. 가끔씩 그녀는

---

42  우단과 비슷한 직물이지만 털이 더 길고 성글다.

좁은 이마에 흘러내린 굽이진 밤색 머리를 한 손으로 쓸어 올렸다. 가수인 힐데브란트 부인도 암라 곁의 긴 소파에 앉아 있었는데, 머리가 붉고 승마복 차림이었다. 두 여성의 맞은편에는 남성들이 반원 형태로 모여 있었다. 그들 한가운데에 변호사가 앉았는데, 굉장히 낮은 가죽 의자에 앉은 그의 모습은 이루 말할 수 없이 불행해 보였다. 그는 마치 치미는 구토와 사투를 벌이듯 무겁게 숨을 들이쉬고 삼켰다. 가벼운 테니스 복장의 알프레트 로이트너는 오래 앉아 있을 수 없다면서 의자에 앉지 않은 채 벽난로에 기대 서 있었는데 멋지고 유쾌한 표정이었다.

힐데브란트 씨는 울림 좋은 목청으로 영국 가곡에 대해서 이야기했다. 검정 양복을 말쑥하게 차려입은 그는 시저[43] 스타일의 머리를 당당하게 쳐들고 있었다. 교양 있고 학식 높은 데다 취향이 세련된 그는 궁정 배우다웠다. 평소 진지한 대화에서 입센, 졸라, 톨스토이를 비판하곤 했지만, 오늘은 사소한 일에 관해 상냥하게 얘기를 꺼냈다.

"여러분, 혹시 「그건 마리아」[44]라는 멋진 노래를 아십니까?" 힐데브란트 씨가 말했다. "좀 자극적이긴 해도 인기는 최고입니다. 다른 유명한 곡으로는……." 그가 몇 곡을 더 제안했지만 사람들은 마침내 처음 제안에 동의했다. 힐데브란트 부인이 그 곡을 부르겠다고 했다. 유난히 처진 어깨와 금색 턱

---

43   줄리어스 시저를 가리킨다.

44   That's Maria. "그건 마리아, 마리아는 모든 사람 중에 제일 천박한 여자. 어떤 여자가 제일 못된 죄를 저질렀나? 그건 마리아. 마리아는 제일 나쁜 여자야."라는 가사의 노래로, 토마스 만은 『부덴브로크 가의 사람들』에서도 크리스티안 부덴브로크를 통해 언급한 바 있다.

수염을 기른 젊은 화가는 마술사를 흉내 내기로 했고, 한편 힐데브란트 씨는 유명인을 모사하기로 했다……. 한마디로 만사가 순식간에 진행되었고, 모든 계획이 마무리된 듯 보였다. 그때 싹싹한 몸짓에, 잦은 싸움으로 흉터가 많은 비츠나겔 씨가 갑자기 새로운 제안을 했다.

"멋지고 훌륭합니다. 여러분, 실제로 이 모든 행사가 굉장히 재미날 겁니다. 그런데 솔직히 한 가지만 더 말씀드리겠습니다. 제 생각에 무언가가 부족한 것 같습니다. 이를테면 핵심, 정점, 하이라이트나 클라이맥스 같은 것 말입니다…… 뭔가 아주 유별난 것, 대단히 황당한 것, 흥을 최고조로 끌어올릴 만큼 재미있는 것…… 이제 여러분 의견에 맡기겠습니다. 특별한 묘안은 없지만 제 느낌에…….."

"딱 맞는 말입니다." 벽난로 쪽에서 로이트너 씨가 테너의 음성으로 의견을 냈다. "비츠나겔 씨의 말이 맞습니다. 대미를 장식할 하이라이트가 반드시 필요합니다. 한번 생각해 봅시다……." 그가 자신의 붉은 허리띠를 민첩한 손놀림으로 바로잡으면서 탐색하듯 주위를 둘러보았다. 그의 얼굴 표정은 정말 사랑스러웠다.

"자, 유명인 흉내가 하이라이트로 부족하다면……." 힐데브란트 씨가 말했다.

모두들 연수생의 제안에 골몰했다. 특별히 익살맞은 하이라이트가 필요하다고 말이다. 변호사조차 고개를 끄덕이며 나지막이 말했다. "그렇습니다. 특별하게 재미있는 것이……." 모두들 생각에 잠겼다.

대화를 중단하고 일 분 정도 침묵의 시간이 지났다. 다들 곰곰이 생각하느라 짤막한 한숨 소리만 들렸는데, 마침 침묵

이 끝나 갈 무렵 희한한 일이 벌어졌다. 긴 소파의 쿠션에 기
댄 채 마치 생쥐처럼 새끼손가락의 뾰족한 손톱을 열심히 물
어뜯던 암라의 얼굴에 기묘한 표정이 떠올랐다. 그 순간 입가
에 기쁨이 번졌는데, 무엇에 홀린 듯 거의 정신 나간 미소였
다. 그 웃음은 고통스럽고 무시무시한 색욕을 드러내고 있었
다. 암라는 반짝이는 두 눈을 크게 뜨고 천천히 벽난로 쪽을
훑어보다가 한순간 젊은 음악가와 시선이 마주쳤다. 그러고
는 상체를 돌연 변호사 남편 쪽으로 홱 돌렸다. 양손을 가랑이
사이에 넣은 채 그녀는 상대를 휘감아서 집어삼킬 듯한 시선
으로 남편의 얼굴을 응시했다. 곧장 얼굴이 눈에 띄게 창백해
지더니 강하고 느릿한 어조로 말했다.

"크리스티안, 내가 제안 하나 할게요. 당신이 마지막에 붉
은 실크로 된 아기 옷을 입고 여자 가수로 분장해서 춤을 추도
록 하세요."

이 몇 마디의 위력은 엄청났다. 젊은 화가만이 호의로 웃
으려 했을 뿐, 힐데브란트 씨는 돌처럼 차가운 얼굴로 옷소매
를 정돈했고, 대학생들 역시 헛기침을 하면서 손수건을 꺼내
더니 요란하게 코를 풀었다. 힐데브란트 부인은 얼굴이 새빨
개졌는데, 평소에 보기 드문 일이었다. 비츠나겔은 달아나듯
버터빵을 가지러 나갔다. 변호사는 고통스러운 자세로 낮은
의자에 웅크리고 앉아서 누렇게 뜬 얼굴로 겁먹은 미소를 지
은 채 주위를 둘러보면서 이렇게 더듬거렸다.

"제발…… 나는 …… 재주가 없어서…… 할 수가 없어
요……. 죄송합니다."

알프레트 로이트너도 태평한 얼굴은 아니었다. 얼굴을 약
간 붉힌 채 고개를 잔뜩 빼고, 영문을 몰라서 혼란스러워하며

탐색하듯 암라의 눈을 바라보았다.

하지만 암라는 태도를 조금도 바꾸지 않은 채 여전히 힘주어 말을 이어 갔다.

"크리스티안, 그렇게 꾸미고 로이트너 씨가 작곡한 노래를 부르도록 하세요. 로이트너 씨가 피아노 반주도 해 줄 거예요. 틀림없이 당신 노래가 파티에서 제일 멋지고, 최고의 하이라이트가 될 거예요."

한동안 침묵이 흘렀다. 숨 막히는 침묵이었다. 잠시 후 더욱 기이한 일이 벌어졌는데, 로이트너 씨가 마치 전염이라도 된 듯 흥분해서 한 걸음 앞으로 나서더니 격하게 들뜬 채 몸을 떨면서 서둘러 말했다.

"변호사님, 제발 그렇게 해 주십시오. 저는 충분히 준비되어 있습니다. 이렇듯 작곡해 드릴 준비가 되어 있음을 밝히는 바입니다……. 노래하셔야 합니다. 춤도 추셔야 합니다……. 그거야말로 최고의 클라이맥스가 아니고 무엇이겠습니까……? 아시게 될 겁니다. 두고 보십시오. 제가 지금까지 작곡했고 앞으로 작곡하게 될 곡 중에서 최고의 작품이 될 겁니다……. 빨간색 아기 옷이라! 아, 사모님께선 예술가입니다. 진정한 예술가입니다. 아니라면 어찌 그런 생각을 할 수 있겠습니까. 어서 하겠다고 말해 주십시오, 간곡히 부탁드립니다. 허락해 주십시오. 힘껏 한번 해 보겠습니다. 두고 보십시오."

그러자 만사가 시원스레 흘러가기 시작했다. 악의든 예의상이든 모두들 변호사에게 부탁했다. 힐데브란트 부인은 브륀힐데[45]의 거창한 목소리로 "변호사님, 선생님은 워낙 즐겁

---

45  바그너의 음악극 「니벨룽겐의 반지」에 등장하는 보탄의 딸.

고 재미있는 분이시잖아요!"라는 말까지 했다. 그러자 변호사가 대꾸했다. 여전히 얼굴이 좀 노랗기는 해도 막무가내로 단호한 태도였다.

"여러분, 제 말을 들어 주십시오. 제가 무슨 말을 해야 할까요? 저는 적임자가 아닙니다. 정말입니다. 제겐 사람을 웃기는 재능이 없고 게다가…… 간단히 말해서, 죄송하지만 그건 불가능합니다."

그는 끈질기게 거절했다. 암라는 이 얘깃거리에 더 이상 관여하지 않은 채 멍한 표정으로 소파에 기대앉아 있었고, 로이트너 씨도 더는 아무 말 없이 양탄자의 아라베스크 무늬만을 뚫어지게 바라보았다. 그러자 힐데브란트 씨가 화제를 돌려서 다른 이야기를 시작했다. 결국 마지막 문제에 대해서는 결정을 내리지 못한 채 모임이 끝났다.

하지만 그날 저녁 암라가 잠자리에 눈을 뜨고 누워 있을 때, 무거운 걸음으로 나타난 남편은 의자를 침대 곁으로 끌어당겨 앉더니 주저하면서 조용히 말했다.

"내 말 들어 봐요, 암라. 솔직히 걱정돼서 마음이 무거워요. 내가 오늘 사람들의 뜻을 거절하고 심하게 반대한 까닭은 맹세코 내 의도가 아니었어요. 당신이 정말 그렇게 생각한다면…… 부탁인데……."

암라는 한순간 침묵했고, 눈썹을 천천히 이마 위로 치켜떴다. 그러고는 어깨를 으쓱하면서 말했다. "당신한테 뭐라고 대답해야 할지 모르겠네요. 그렇게 행동하리라고는 상상도 못 했어요. 공연에 참가해서 도와 달라는 말을, 당신은 아주 불친절하게 거절했어요. 당신한테도 기분 좋은 일이고, 모두들 꼭 필요한 일이라고 부탁했는데 말이에요. 당신은 세상 사람들을, 아무리 좋게 표현해도 너무 심하게 실망시켰어요. 당신의 거칠고 그 불친절한 태도가 모임을 완전히 망쳤어요. 그게 주최자가 할 짓인가요?"

"아니에요, 암라, 난 불친절하게 굴 생각이 아니었어요. 내 말 믿어 줘요. 나는 어느 누구도 모욕하거나, 불쾌감을 줄 생각이 아니었어요. 내가 추하게 처신했다면 만회할 기회를 줘요. 재미로 하는 일이고, 그저 장난이고, 악의 없는 놀이일 뿐인데 못 할 것도 없죠. 파티를 망치고 싶지 않아요. 당신과 함께하겠다고 약속할게요."

이튿날 오후, 암라는 '준비'한다면서 다시 외출했다. 그녀는 홀츠가 78번지에 내린 뒤, 자기를 기다리는 남자가 사는 3층으로 올라갔다. 그녀는 쭉 뻗고 누운 채 사랑에 취해서, 남자의 머리를 가슴에 끌어안고 격정적으로 속삭였다.

"자기, 우리 둘이서 같이 반주해요. 그렇게 그를 노래하고 춤추게 해요. 의상은 내가 준비할게요……."

짜릿한 전율과 그동안 참아 온 발작적인 웃음이 두 사람의 몸을 타고 흘렀다.


5


레르헨베르크에 위치한 벤델렌 씨의 연회장은 야외에서 대규모 파티를 하려는 사람이라면 누구나 최고로 손꼽을 만한 장소다. 매력적인 포어슈타트가를 지나서 높은 격자 대문으로 들어가면 공원 같은 정원이 나오고, 그 정원 부지 한가운데에 넓은 연회장이 자리한다. 좁은 통로로 식당, 주방, 비어

홀이 서로 연결되어 있는 이 연회장은 목재를 오색찬란하게 색칠하고, 중국풍과 르네상스 양식을 익살스럽게 혼합해서 건축한 건물이다. 한꺼번에 많은 인원을 수용할 수 있는 데다, 날개식 대형 문이 달려 있어서 날씨가 좋을 때면 수목의 숨결을 안으로 들이고자 그 문을 열어 두기도 했다.

오늘은 멀리서 형형색색으로 반짝이는 불빛이 연회장으로 달려오는 마차를 환영해 주었다. 대문의 모든 창살과 정원의 나무 그리고 홀 전체가 화려한 등으로 장식되었고, 연회장 내부도 굉장히 아름답게 치장되었다. 천장에는 꽃 장식들과, 거기에 또 수많은 초롱이 달려 있었다. 각종 깃발, 화환, 조화(造花)로 이뤄진 벽면 장식 사이사이에 매달린 수많은 전등도 홀 전체를 눈부시게 밝혔다. 홀의 한쪽 끝에 자리한 무대 양쪽으로 관엽 식물이 놓여 있었고, 무대의 붉은색 장막에는 어느 화가가 그려 넣은 수호신이 날고 있었다. 또 다른 쪽 끝에는 꽃으로 장식한 긴 테이블이 무대까지 늘어서 있었다. 그곳에 야코비 변호사의 손님들이 봄철의 햇맥주와 송아지 고기를 즐기며 모여 있었다. 법조계 인사, 장교, 사업가, 예술가, 고위 관리 들과 그들이 대동한 부인과 자녀까지, 어림잡아도 150명 이상의 규모로 보였다. 남성은 검은색 양복을, 여성은 옅은 색의 봄철 의상을 매우 소박하게 차려입고 있었다. 격식에 얽매이지 않고 유쾌하게 즐기는 것이 그날의 규칙이기 때문이었다. 남자들은 각자 맥주잔을 들고 한쪽 벽에 설치된 커다란 맥주 통에서 술을 따라 마셨다. 휘황찬란하게 불을 밝힌 넓은 홀은 전나무와 꽃, 사람들, 맥주, 음식 냄새가 한데 뒤섞인 달콤하고 후텁지근한 축제의 도가니였다. 달그락거리는 그릇 소리, 사람들이 크게 떠드는 소리, 짧지만 소란하게 주고받는 대화, 밝고 활기차고 마음껏 웃어 대는 소리가 요란하게 들렸다. 변호사는 무대 근처의 테이블 끝에 이상한 자세로 맥없이 앉아 있었다. 그는 술을 별로 마시지 않았고, 다만 옆자리에 앉아 있는 하버만 참사관의 부인에게 이따금 힘겹게 말을 걸곤 했다. 그렇게 입언저리를 늘어뜨린 채 거칠게 숨을 쉬었고, 퉁퉁 부어오른 맥 빠진 두 눈은 우울하고 서먹하게 흥겨운 축제를 멀거니 쳐다보고 있었다. 이 시끄럽고 흥겨운 축제 분위기가 달리 말할 수 없이 슬프고 불가해한 듯 보였다.

이제 커다란 케이크가 테이블마다 올랐다. 사람들은 달콤한 포도주를 마시기 시작했고, 곧 축사가 이어졌다. 궁정 배우 힐데브란트 씨는 고전적 문구, 예컨대 그리스 원전의 문장을 인용하면서 봄맞이 맥주 축제를 축하했고, 비츠나겔은 최고로 싹싹한 몸짓과 세련된 태도로 파티에 참석한 모든 여성을 위해 건배했다. 심지어 가까이 있는 꽃병과 식탁보에 놓인 꽃을 한 움큼 집어 한 송이씩 뽑아 들면서 각각의 여성들에게 비유했다. 엷은 노란색 실크 야회복을 입고 맞은편에 앉은 암라 야코비에게는 "이 노란 장미보다도 아름다운 장미꽃"이라며 찬양했다.

그러자마자 암라는 가르마를 탄 부드러운 머리카락을 손으로 쓸어 넘긴 뒤 눈썹을 치켜뜨면서, 남편에게 진지한 표정으로 고개를 끄덕이며 신호를 보냈다. 이에 뚱뚱한 남편이 자리에서 일어나더니 흉한 미소를 지으며 시시한 말 몇 마디를 고통스럽게 중얼거렸다. 그 순간 축제 분위기는 거의 얼어붙었다. 몇몇 가식적인 환호만 크게 들릴 뿐, 한순간 숨 막히는 침묵이 흘렀다. 그러나 곧 흥겨운 분위기가 적막을 압도했고, 사람들은 담배를 피우고 취한 채 일어나서 직접 홀의 테이블을 요란스럽게 치우기 시작했다. 춤을 출 시간이었다.

11시가 넘자, 고삐 풀린 환락은 최고조에 달했다. 일부 사람들은 신선한 공기를 쐬러 요란하게 조명을 밝힌 정원으로 물러났다. 또 일부는 홀 안에 남아서 저마다 담배를 피우거나 잡담을 하면서 맥주 통의 술을 연신 따라 마셨다. 그때 무대 쪽에서 모두를 홀 안으로 불러 모으는 힘찬 트럼펫 소리가 울렸다. 곧 관악기와 현악기 연주자들이 입장하더니 무대의 장막 앞에 착석했다. 빨간색 글씨로 쓰인 프로그램 안내문과 함께 의자들이 무대 앞에 놓이자 숙녀들은 자리에 앉았고 신사들은 그 뒤나 양쪽에 섰다. 기대에 부푼 정적이 감돌았다.

이윽고 소규모 악단이 서곡을 떠들썩하게 연주하자 무대의 막이 올랐다. 무대 위에는 현란한 의상을 입고 입술을 새빨갛게 칠한 흑인 무리가 등장해서 치아를 드러낸 채 야만적인 괴성을 지르기 시작했다……. 이제 이 공연이야말로 이번 파티의 진정한 하이라이트가 될 터였다. 객석에서 열광적인 환호가 터져 나왔고, 솜씨 있게 기획된 프로그램은 순서에 따라 차례차례 진행되었다. 힐데브란트 부인은 분가루를 뿌린 가발을 쓰고 등장했다. 그러고는 긴 지팡이를 쿵쿵 치면서 엄청나게 큰 목소리로 「그건 마리아」를 노래했다. 마술사는 훈장으로 덮인 연미복을 입고 무대에 오르더니 기상천외한 마술을 선보였고, 힐데브란트 씨는 괴테, 비스마르크, 나폴레옹을 놀랄 만큼 비슷하게 흉내 냈다. 이어서 출판사 편집장 비젠슈프룽 박사가 「봄 맥주의 사회적 의미」라는 주제로 유머 넘치는 강연을 펼쳤다. 드디어 마지막 순서를 앞두고 긴장은 절정에 다다랐다. 최후의 프로그램 항목에는 무려 월계관이 장식되어 있었기 때문이었다. 비밀로 가득한 그 순서의 제목은 다음과

같았다. 「루이스헨」, 노래와 춤, 음악: 알프레트 로이트너.'

홀이 술렁이기 시작했고, 사람들은 시선을 주고받았다. 악단 주자들은 악기를 꺼내 놓았다. 그때까지 무관심한 듯 삐죽 내민 입술 사이에 담배를 물고 말없이 문에 기대서 있던 로이트너 씨가 암라 야코비와 함께 무대 장막의 정면 한가운데 있는 피아노로 가서 나란히 앉았다. 그는 상기된 얼굴로 악보를 초조하게 뒤적였고, 다소 창백해진 암라는 한쪽 팔을 의자 팔걸이에 올려놓은 뒤 매섭게 관객을 바라보았다. 사람들이 모두 목을 빼고 기다리는 동안, 마침내 시작을 알리는 소리가 날카롭게 울렸다. 로이트너와 암라가 도입부의 중요하지 않은 몇 박자를 연주하는 사이에 서서히 막이 올랐다. 비로소 루이스헨이 모습을 드러냈다…….

슬프고도 혐오스럽게 분장한 이 거구의 살덩이는 곰이 춤추듯 힘겹게 등장했다. 그러자 많은 관객들은 너무 놀란 나머지 혼이 빠질 것 같은 충격을 받았다. 다름 아닌 야코비 변호사였다. 빨간색 실크로 만든, 주름 없는 헐렁한 옷이 발치까지 흘러내려서 흉한 몸통을 감쌌다. 또 소매는 밀가루로 분칠한 목덜미가 훤히 드러나도록 어깨에 바싹 붙게끔 재단되어 있었다. 연노란색 긴 장갑이 근육 없는 통통한 팔을 가렸고, 머리에는 연한 금발의 풍성한 가발을 썼는데 그 위로 초록색의 깃털 하나가 살랑살랑 흔들렸다. 가발 아래로는 필사적으로 명랑하게 보이려 애쓰는 불행한 얼굴이 보였다. 양쪽 볼은 누렇게 부어올라서 측은할 정도로 끊임없이 위아래로 실룩거렸고, 빨갛게 칠한 눈두덩 속의 작은 두 눈은 다른 곳을 보지 않고자 바닥만 겨우 주시했다. 이 뚱뚱한 남자는 한 발 한 발 힘겹게 내디디면서 양손으로 옷자락을 움켜쥐거나 집게손가락을 높이 세우고 양팔을 맥없이 흔들 뿐이었다. 이것 말고 다른 동작을 할 줄은 전혀 몰랐다. 주눅 든 목소리로 헐떡이며 그는 피아노 반주에 맞춰서 얼뜨게 노래를 불렀다.

이 비참한 인물은 차가운 숨을 내쉬면서 모든 사람들의 흥겨움을 질식시켰고, 고통스러운 불협화음이 빚어내는 심한 압박감으로 좌중을 짓눌렀다. 그를 바라보는 수많은 사람들의 시선에는 두려움이 감돌았고, 마법에 걸린 듯 이 광경에서, 그러니까 저 무대 위에서 피아노를 치는 한 쌍의 남녀와 참담하게 춤을 추는 남편에게서 시선을 떼지 못했다. 이 고요한 희대의 스캔들은 오 분 정도 이어졌다.

그때, 그 자리에 있던 사람이라면 누구든 평생 잊지 못할 사건이 벌어졌다. 끔찍하고 복잡하게 얽히고설킨 이 찰나에, 도대체 무슨 일이 벌어졌는지 생생하게 설명해 보겠다.

「루이스헨」이라는 제목의 우스꽝스러운 노래는 잘 알려져 있다. 틀림없이 다음과 같은 구절을 기억하리라.

어느 누구도 나만큼
왈츠나 폴카를 잘 추지 못한다네.
나는 루이스헨, 하류 인생.
숱한 남자 마음을 흔들었지.

이토록 추하고 경박한 가사는, 꽤 긴 세 소절의 가사 끝부분을 장식하는 후렴이다. 그런데 알프레트 로이트너는 이 가사에 새로운 곡을 붙여서 걸작을 만들어 냈다. 통속적이고 우스꽝스러운 가사 속에 수준 높은 음악적 기법을 가미해서 영혼을 사로잡는 특유의 기교를 최대한 발휘한 것이다. 올림 다장조의 첫 소절은 근사하고 완전히 세속적이었다. 그런데 앞서 인용한 후렴이 시작되면서 박자는 활기를 띠었고, 점점 격해지는 '나' 음이 올림 바장조로 넘어가리라는 기대감을 부채질했다. 이 불협화음은 후렴의 두 번째 행, '못한다네'까지 복잡하게 얽혔고, 혼란과 긴장이 최고조에 이른 세 번째 행의 첫마디, '나는' 이후에야 올림 바장조로 바뀌며 불협화음을 해소하도록 되어 있었다. 그런데 거꾸로 기상천외한 일이 벌어졌다. 음조를 급격하게 전환하면서 가히 천재적인 발상으로 곧장 바장조를 삽입했고, 길게 늘어지는 「루이스헨」의 두 번째 음절에서 두 페달로 만들어 낸 화음은 감히 형언할 수 없는 전대미문의 효과를 연출했다. 경악스러운 불시의 기습, 등줄기를 타고 내리는 소름 끼치는 전율, 불가사의, 폭로, 갑작스럽고 참혹한 민낯의 노출, 비밀을 감싼 커튼이 모조리 찢긴 상태였다.

　바장조의 화음에서 야코비 변호사는 춤을 멈췄다. 그는 그저 서 있었다. 무대 한가운데서, 마치 뿌리박힌 사람처럼 양쪽 집게손가락을 쳐든 채 서 있었다. 한쪽 손을 다른 손보다 조금 낮게 들고, 「루이스헨」의 가사 속에 멈춘 채 아무 소리도 내지 않았다. 더불어 피아노 반주도 갑자기 중단되었는데, 아연실색할 만큼 혐오스럽고 우스꽝스럽게 분장한 이 거구의 존재는 무대 위에서 동물처럼 목을 쭉 내민 채 충혈된 눈으로 앞을 뚫어지게 노려보았다……. 그는 깨끗하고 환하고 사람들로 가득한 홀을 멀거니 바라보았다. 모든 청중의 생각이 하나의 추문으로 농축된 것 같은 분위기였다. 그는 고개를 들고, 조명을 환하게 받고 있는, 일그러진 얼굴의 수많은 사람들을 다 알고 있다는 듯 똑같은 표정으로, 저 아래에서 피아노 반주를 하는 남녀와 자신을 쳐다보는 수백 개의 눈을 바라보았다. 아무 소리도 들리지 않는 끔찍한 정적이 모두를 짓누르는 동안, 그의 눈동자는 점점 커져 갔다. 그는 그런 눈으로 천천히, 섬뜩한 공포로, 무대 아래, 자기 앞에 자리한 남녀와 관객을 번갈아 가며 둘러보았다……. 불현듯 그의 얼굴 위로 무언가를 알아차린 듯한 표정이 떠올랐다. 그 순간, 피가 한꺼번에 얼굴로 쏠리더니 차려입은 의상처럼 빨갛게 달아올랐다. 그러다가 얼굴은 곧 밀랍처럼 창백해졌다. 그 비대한 남자는 무대 바닥에 쿵 쓰러졌다.

한순간 정적이 흘렀고, 이내 여기저기서 비명이 들리더니 대혼란이 일어났다. 용기 있는 몇몇 신사들과 젊은 의사가 관현악석을 가로질러 무대 위로 뛰어올랐고, 곧장 무대의 막을 내렸다.

암라 야코비와 알프레트 로이트너는 서로 고개를 돌린 채 여전히 피아노 앞에 앉아 있었다. 남자는 고개를 숙이고서 여전히 바장조의 변화에 귀를 기울이는 듯했고, 여자는 아둔해서 상황을 파악하지 못했는지 완전히 얼빠진 얼굴로 주위를 두리번거렸다…….

곧 젊은 의사가 다시금 홀에 나타났다. 진지한 얼굴에 턱수염을 기른 자그마한 유대인이었다. 문가에서 자신을 둘러싼 몇몇 신사들에게 그는 어깨를 으쓱해 보이며 말했다.

"끝났습니다."

# 에로스와 타나토스

　　토마스 만은 독일 산문 문학의 전통을 이어받은 극히 독일적인, 그러면서도 영어권뿐 아니라 세계적으로 가장 널리 알려진 독일 현대 작가이다. 팔십 년에 이르는 그의 생애는 바이마르 공화국 시대에서 나치 시대, 두 차례의 세계 대전, 미국에서의 망명 생활, 그리고 스위스에서의 만년으로 이어진다. 특이한 점은 산문 이외에는 쓰지 않았다는 것, 이민자로서 독일을 향한 정치적인 방송을 쉰다섯 차례나 했다는 점이다. 격동의 세월을 겪으면서도 달리 경제적 어려움을 겪은 적 없이 일찍이 54세에 노벨 문학상을 받았고, 수상 이후로도 이십 년 이상 왕성한 창작 활동을 이어 갔다.

　　토마스 만의 생애는 크게 보면 둘로 나뉜다. 전기는 1875년 출생에서부터 히틀러의 집권(1933)으로 독일 땅을 떠날 때까지이고, 후기는 미국에서의 이십 년과 스위스에서 보낸 삼 년이다. 전기는 다시 1905년의 결혼을 기준으로 1기와 2기로 나뉘는데, 1기에 단편집 『트리스탄』과 장편 『부덴브로크가의 사람들』을 출간했다. 결혼 이후, 즉 2기에 발표한 대표작으로는 『베네치아에서 죽다』와 『마의 산』을 들 수 있다. 후기 역시 둘로 구분한다면 미국 생활과 스위스 생활로 나뉘는데, 『요셉과 그의 형제들』, 『파우스트 박사』는 로스앤젤레스 근교에서, 중편 「기만」과 미완성작 「사기꾼 펠릭스 크룰의 고백」(1부)은 각각 취리히에서 썼다. 이 책에 실린 「루이스헨」(1900)은 전기 중에서도 거의 데뷔작이라고 부를 수 있는 초기 작품이고, 「기만」(1952)은 후기작 중에서도 맨 끝, 토마스 만의 마지막 완성작이다. 공통점이라면 여성이 주인공이라는 점, 그리고 토마스 만의 작품 중 대중한테 많이 알려지지 않았다는 점이다.


## 루이스헨


「루이스헨」은 토마스 만이 25세에 발표한 단편으로, 이보다 먼저 발표한 「행복을 향한 의지」(1896)와 「키 작은 프리데만 씨」(1897), 그리고 이어지는 「트리스탄」(1903)과 유사한 구조를 가진다. 즉 무언가 부족하고 결여된, 현실에서 소외된 남성과 그를 파멸로 이끄는 여성에 관한 이야기라는 점이다. 이것은 토마스 만의 대표작들이 거의 다 남자 주인공을 내세우고 있을 뿐만 아니라, 여성 인물의 역할이 미약했음에 비춰 볼 때 흥미로운 점이다.

19세기 말에서 20세기로 넘어오는, 이른바 세기말에는 여성의 사회적 위상이 달라지면서 그동안의 남성 권위와 정체성은 크게 흔들린다. 대도시에서 자유로운 삶을 모색하는 모던 걸, 사회생활을 하는 여성의 등장, 이혼율의 증가는 기성 남성들을 불안하게 하기에 충분했다. 쇼펜하우어와 니체를 떠오르게 하는 여성 혐오의 물결은 베데킨트의 『판도라의 상자』(1903),[46] 하인리히 만의 『운라트 선생』(1905)[47] 등의 작품에서 적나라하게 표출되었다. 육체와 섹슈얼리티, 특히 여성의 섹슈얼리티에 관한 담론은 팜 파탈(femme fatale)이라는 여성형을 만들어 내기도 했다.

「루이스헨」의 암라 역시 지성이라고는 찾아볼 수 없는 성적 존재일 뿐이다. 그녀는 애인 로이트너와 공모하여 남편 야코비를 대중 앞에서 조롱하고 끝내 죽음으로 몰고 간다. 암라는 애인이 작곡한 곡을 애인과 함께 "네 손으로" 반주하며 남편으로 하여금 무대 위에서 노래하게끔 강요한다. 타인의 시선을 두려워하는 "등이 곰 같고 다리가 코끼리처럼 비대한" 남편은 빨간 무대 의상을 입고 목에 분칠한 어릿광대가 되어서 노래를 부르다가, 피아노 반주의 갑작스러운 변조(變調)에 "기습당해" 그대로 쓰러진 채 세상을 떠난다. 남편이 성적으로 무능하고 아내에게 예속되어 있음은 침실에서의 굴종적인 장면을 통해 드러난다. 남편 야코비는 아내 앞에서 "기어드는 목소리로 떨면서…… 제정신을 가진 사람이라면 일상생활에서 도저히 할 수 없는" 사랑을 고백하며 꿇어앉은 채 흐느껴 운다. 그러면 아내는 남편의 머리를 쓰다듬으며 "주인한테 다가온 개한테 하듯" 위로 겸 조롱의 말을 건넨다. 이 가학적인 장면은 그로테스크하기까지 한데, 그것은 『운라트 선생』을 영화화한 「푸른 천사」(1930)에서 늙은 운라트 선생이 술집 여자 룰라의 유혹에 빠진 나머지 급기야 닭 울음소리를 내는 광

46  1929년에 루이즈 브룩스 주연의 「판도라의 상자」로 영화화되었다.
47  1930년에 마를레네 디트리히 주연의 「푸른 천사」로 영화화되었다.

대가 되어서 스스로 삶을 마감하는 장면을 연상시킨다.

「루이스헨」은 다섯 부분으로 나뉘어 연극적 진행을 보여 주는데, 야코비의 파멸은 음악에 의해, 그리고 음악과 더불어 이루어진다. 토마스 만의 어느 작품에서나 음악은 매우 중요한 자리를 차지하지만(『부덴브로크 가의 사람들』의 한노, 『트리스탄』의 슈피넬, 『파우스트 박사』의 아드리안 레버퀸), 특히 창작 초기에 쇼펜하우어의 철학, 바그너의 음악으로부터 큰 영향을 받았음은 잘 알려져 있다. 바그너의 「니벨룽겐의 반지」가 보여 주는 장엄한 몰락의 정서, 「파르시팔」의 죽음을 통한 구원, 「트리스탄과 이졸데」의 사랑의 죽음(Liebestod)은 토마스 만의 작품에서 반복적으로 나타나는 몰락, 환멸, 타락, 죽음과 상통한다. 여기에서 죽음은 달콤하고 아름답고 도취으로 묘사되는데, 니체의 바그너 비판에 따르면 이러한 탐닉은 퇴폐적인 것이다. 데카당스란 몰락과 죽음, 퇴폐와 퇴락을 지향하는 태도로, 본디 인간에게는 파멸과 소멸에 대한 동경이 있고, 죽음을 두려워하면서도 동시에 갈망하는데, 이 같은 죽음에의 동경이나 구원을 니체는 현세 부정의 기독교 정신에서 나온, 파괴적 충동이라 비판한 바 있다. 탐미적, 염세적, 낭만적, 엘리트적이며 독일적인 이 몰락의 정서는 토마스 만의 마지막 완성작 「기만」에도 그대로 남아 있다.


기만


1952년에 미국에서 유럽으로 돌아와 취리히 근교에 자리 잡은 토마스 만은 건강이 좋지 않았지만 1910년대에 집필

하기 시작한 「사기꾼 펠릭스 크룰의 고백」을 다시 쓰다가 이 작품을 미완으로 남긴 채 1955년에 세상을 떠났다. 「기만」은 1952년 5월 로스앤젤레스의 퍼시픽 펠리세이드에서 착수된 뒤 1953년 3월 취리히의 에를렌바흐에서 완성되었다. (원서 기준) 73쪽, 원고지로 채 400매가 못 되는 「기만」은 1920년대 어느 해 봄부터 다음 해 봄까지 약 일 년 동안의 사건을 다룬다. 등장인물은 네 명으로, 일찍이 남편을 잃은 로잘리 튀믈러 부인과 딸 안나, 아들 에두아르트, 그리고 아들의 영어 가정 교사인 켄 키튼이다. 배경 장소는 뒤셀도르프이고, 후반부에 이들은 도시 근교의 홀터호프성을 하루 동안 관람한다. 소재는 작가가 아내 카티아 만에게서 들은 어느 부인의 실화로 알려져 있는데, 이 소재에 매료된 토마스 만은 77세라는 노령에도 불구하고 십 개월이라는 단기간에 이 작품을 완성해 냈다.

금지된 열정과 그 종말인 죽음의 측면에서 볼 때 「기만」은 『베네치아에서 죽다』를 연상시키는데, 주인공이 젊음을 떠나보낸, 노년을 맞이한 예술인(혹은 예술적 감성의 소유자)이라는 점부터 그렇다. 동성에게 매혹된 아셴바흐와 달리 「기만」의 로잘리는 아들 나이의 이성한테 빠지지만, 현실적으로 이루어질 수 없는 사랑이라는 점은 마찬가지다. 로잘리는 여성으로 등장하지만 작가 토마스 만의 다른 자아라는 평을 듣는다.

「기만」은 『베네치아에서 죽다』에서 다뤄진 노년과 죽음의 문제를 확장시킨 작품이라고 할 수 있다. 아셴바흐가 곤돌라를 타고 베네치아에 간 것처럼, 로잘리는 쉽게 이용할 수 있는 전차 대신에 굳이 보트를 세내서 홀터호프성으로 향한다.

그렇게 강$^{48}$을 건넌 그녀는 성의 입구에서 흑고니$^{49}$의 섬뜩한 공격을 받는다. 그러고는 관람객에게 공개되지 않는 어두운 비밀의 방에서 열에 달떠 젊은이에게 사랑을 고백한다.

「기만」에서는 중년의 로잘리가 아들뻘 청년의 육체적 매력에 사로잡혀 파멸과 죽음을 맞는다. 토니오는 목숨을 잃진 않지만, 시민 사회에서 추방된 아웃사이더가 되어 예술가로서만 존재할 수 있었고, 아셴바흐 역시 콜레라가 휩쓰는 해변에서 죽음을 맞이하며, 키 작은 프리데만 씨는 자살하고, 「루이스헨」의 추남 야코비는 무대 위에서 아내에게 희롱당한 끝에 심장 마비로 세상을 떠난다. 그리고 「기만」의 로잘리는 자궁암으로 목숨을 잃는다. 모두 금단의 열정이 불러온 죽음이고, 이것은 사랑과 죽음, 에로스와 타나노스가 불가분의 관계임을, 하나임을 말해 준다. 에로스와 타나노스, 봄과 가을, 향기와 악취, 사랑과 죽음은 「기만」에서 하나로, 쉽게 구별되지 않는다. 그리고 이것은 이 중편에서 수없이 등장하는 자연의 속성이다. 자연이란 일차적으로 우리를 둘러싸는 자연계일 뿐만 아니라 지성에 대비되는 감성의 세계, 그리고 우주와 인간을 지배하는 초월적인 거대한 힘, 숙명이다.

생명의 계절인 봄에 태어난 로잘리는 자연을 사랑해서 산책 중에 크로커스, 수선화, 히아신스, 튤립의 새싹이나 꽃잎을 보기만 해도 감동한 나머지 거의 눈물을 흘릴 정도다. 어느 날 로잘리는 딸 안나와 산책하다가 화려한 사향의 향기를 맡는

---

48  강은 보통 이승과 저승 사이의 공간을 의미한다.
49  고니는 흔히 백조라고 불린다. 검은 백조는 이상하게 들리기 때문에 흑고니로 번역했다. 백조가 가진 낭만적 분위기와 달리 「기만」의 흑고니는 공격적이고 섬뜩하다.

다. 하지만 서둘러 달려간 곳에서 두 사람은 뜻밖의 사실을 마주한다.

그것은 길가에서 햇볕을 받아 들끓는, 쇠파리들이 잔뜩 몰려 있고, 주위로도 쇠파리들이 윙윙 날아다니는 한 무더기의 배설물이었다. …… 그런데 수많은 쇠파리를 끌어들이는 이 배설물의 불쾌한 냄새는 애매하고 이중적이었는데, 더 이상 악취라 부를 수 없는, 틀림없는 사향의 향기였다.(25쪽)

역겨운 배설물이 사향의 향기를 품고 있음은 탄생이 죽음을, 난소가 죽음의 씨앗을, 봄이 가을을 품고 있는 것과 마찬가지다. 봄의 꽃 크로커스와 가을의 꽃 사프란은 서로 구별되지 않을 정도로 닮았다.

소설의 후반, 로잘리의 제안으로 모두 홀터호프성으로 소풍을 떠나고, 그녀는 이 외출에서 주도적 역할을 맡는다. 성의 내부를 관람하고자 네 사람은 안으로 들어간다. 불편한 실내화가 자꾸 벗겨져서 켄과 로잘리는 나머지 일행과 떨어지고, 두 사람은 벽 거울 뒤에 숨겨진 비밀의 방으로 들어간다. 귀족들의 비밀 연애를 위해 마련된 이 '쾌락의 방'은 오랫동안 닫혀 있던 탓에 곰팡내가 나고 어둡다. 로잘리는 쾌락, 아니 죽음의 방에서 켄에게 키스한다.

"맙소사, 죽음의 공기 같아." 로잘리가 그의 어깨에 기대며 몸을 떨었다. "정말 슬퍼, 사랑스러운 켄, 우리가 여기 죽은 자들 곁에서 만나는 것 말이야. 나는 선한 자연의 무릎에서, 자연의 향기가 불어오는 곳, 재스민과 감탕나무의 달콤한 숨결 속에서 너를 만나

「기만」속 홀터호프성의 모델인 벤라트성 풍경

기를 꿈꾸었어. 이런 무덤 속이 아니라 그런 곳에서 첫 키스를 해야 하는데."(95~96쪽)

　　사랑을 완성하고자 곧 찾아가겠다고 약속하지만 로잘리는 그날 저녁도, 다음 날도 켄을 찾지 못한다. 출혈로 의식을 잃은 그녀는 병원으로 옮겨진다. 그리고 이후부터 사건은 매우 객관적으로, 의학적 용어를 가지고 서술된다. 상황은 절망적이다. 하지만 로잘리는 생명이 다하는 순간까지도 자연에 대한 사랑과 신뢰를 버리지 않는다.

　　어떤 대상이나 상황에 대한 애매하고 이중적 시각은 토마스 만 문학의 핵심인 이로니[50]의 특성으로, 반어 또는 역설로 번역된다. 이로니는 하나의 대상에 대한 모순된 시각으로, 발언의 외연과 내피가 일치하지 않는다. 그렇기 때문에 대상에 대한 거리 두기가 필수적이고, 그 안에는 부정적 시각이 포함되어 있다. 그렇지만 이로니가 조롱이나 비난은 아니다. 이를테면 그런 것들보다 따뜻하고, 유머보다는 차갑다. 이로니는 감정이 아니라 지적 활동의 산물로 위트, 농담, 유희에 가깝다. 예컨대 로잘리의 남편 폰 튀믈러 대령은 훌륭한 군인이었지만 전쟁터가 아니라 교통사고로 목숨을 잃었고, 단지 전쟁 중이었던 터라 전사자로 처리되었다. 불구인 딸 안나는 외모에 가치를 두지 않지만, 상대방의 외모에 매혹되어 사랑에 빠졌다가 자존심에 치명적 상처를 입는다. 로잘리 부인의 용모에 관한 서술 역시 흥미롭다. 로잘리는 기분이 고조되면 코에

---

50　우리에겐 영어의 '아이러니'라는 용어가 익숙하지만 독일 문학의 용어로서 '이로니(Ironie)'는 고유한 뉘앙스를 가지므로 이 글에선 '이로니'라고 표기하겠다.

붉은 기가 도는데, 부인은 그 홍조를 분을 발라서 감춘다. 그
것이 부인을 더 사랑스럽게 보이게 한다는 여러 사람들의 의
견 때문이다. 산책 중에 날아든 사향의 향기는 막상 다가가서
보니 배설물의 냄새였다. 그리고 로잘리가 켄과 키스를 나누
는 쾌락의 방은 곰팡내 나는 죽음의 방이고, 기적 같은 회춘인
줄 알았던 출혈은 암의 증상이었다. 그럼에도 불구하고 로잘
리는 임종의 순간까지 죽음이 삶의 수단이자 호의이고 은총
이라고 말한다. 마지막 장면은 다음과 같다.

"나는 떠나기 싫어. 너희들로부터, 봄이 있는 삶으로부터 말이
야. 하지만 죽음이 없다면 어떻게 봄이 있겠니. 죽음이야말로 삶의
위대한 수단이야. 나한테는 죽음이 부활과 사랑의 기쁨으로 나타
났는데, 그건 기만이 아니라 호의이고 은총이었어."
한 번 더 몸을 딸 쪽으로 움직이며 그녀가 희미해져 가는 목소
리로 속삭였다.
"자연, 나는 항상 자연을 사랑했어. 그리고 자연도, 자기 자식
한테 사랑을 주었어."
로잘리는 평온한 죽음을 맞이했다. 그녀를 아는 모든 이들이
그 죽음을 애도했다.(100~101쪽)

로잘리는 죽음을 부활, 사랑, 호의, 은총으로 받아들이며
행복하게 죽음을 맞이한다. 하지만 그것이 사실일까? 그렇다
면 이 중편 소설의 제목, '기만'이란 도대체 누구의 시각인가?

옮긴이
박광자

충남대학교 독문학과 명예 교수며 한국헤세학회 회장을 역임했다. 저서로 『독일 영화 20』, 『괴테의 소설』, 『헤르만 헤세의 소설』, 『독일 여성 작가 연구』가 있으며, 옮긴 책으로는 『산책』, 『프라하로 여행하는 모차르트』, 『제복의 소녀』, 『벽』, 『페터 슐레밀의 기이한 이야기』, 『싯다르타』, 『시와 진실』, 『마리 앙투아네트 베르사유의 장미』 등이 있다.

기만

1판 1쇄 찍음  2023년 4월 28일
1판 1쇄 펴냄  2023년 5월 5일

지은이  토마스 만
옮긴이  박광자
발행인  박근섭, 박상준
펴낸곳  (주)민음사

출판등록 1966. 5. 19. 제16-490호
서울시 강남구 도산대로 1길 62(신사동)
강남출판문화센터 5층 06027
대표전화 02-515-2000 팩시밀리 02-515-2007
www.minumsa.com

© 박광자, 2023. Printed in Seoul, Korea

ISBN  978 89 374 2987 3 04800
ISBN  978 89 374 2900 2 (세트)